_______________ 님께

이 책을 드립니다.

이인주 신부가 세상과 나누고 싶은 이야기

사랑 속의 사랑

이인주 신부 지음

도서
출판 夏雨

초판 1쇄 인쇄 2008년 2월 11일
초판 1쇄 발행 2008년 2월 11일

지은이 | 이인주
발행인 | 박영호
편집책임 | 박우진
편집부 | 김정아, 최미라
관리부 | 임선희, 김성언
마케팅 | 박민우
표지 | 김진디자인
캘리그래피 | 강병인
사진 | 안동식
분해 · 제판 | 한성그래픽
인쇄 | 삼화인쇄

펴낸곳 | 도서출판 하우
주소 | 서울시 동대문구 용두동 138-31
구입문의 | 02-922-7090
팩스 | 02-922-7092

값 8,500원
ISBN 978-89-7699-546-9 03810

사랑 속의 사랑

이인주(李仁周)

사랑 속의 사랑

하느님의 부르심에 응답하여 신부가 된지도 꽤 오랜 시간이 흘렀다. 그분의 부르심을 깨닫지 못하여 방황하고 고민했던 젊은 시절이 있었고, 예수회에 들어가 신부가 된 후 해외 선교활동을 나가 생사의 갈림길에 섰던 때도 있었으며, 선교 활동 중 어머니가 돌아가셨다는 소식을 듣고도 바로 달려가지 못했던 안타까운 때도 있었다. 이제와 돌이켜 생각해 보니 하느님은 언제나 나와 함께 계셨고 어려울 때나 힘들 때나 힘이 되어 주셨다. 게다가 부족한 나를 그분의 일꾼으로 이끄시고 무한한 사랑까지 주셨다. 내가 사제라서 나에게만 유독 그런 사랑을 주셨을까? 그건 아닐 것이다. 그분은 끊임없이 우리 곁에서 사랑을 보여 주시지만 그것을 느끼지 못할 뿐이다.

사랑은 남녀간의 사랑, 부모 자식 간의 사랑, 동료 간의 사랑, 형제 간의 사랑, 전인류에 대한 사랑 등 그 가지 수를 헤아리기 어려울 정도로 많다. 그 어떤 사랑도 가치를 따질 수는 없지만 한 가지 중요한 사실은 사랑은 받는 것보다 주는 것이 훨씬 아름답고 벅차다는 것이다. 나의 것을 남에게 조건 없이 내어준다는 것이 얼마나 어려운가? 그래서 그 가치는 값지고 귀한 것이다. 우리는 태어나면서부터 부모, 형제, 연인, 그리고 가족에 이르기까지 정말 많은 사랑을 받는다. 하느님께서 주신 사랑까지 합한다면 노래 가사에도 있듯이 우리는 사랑받기 위해 태어난 것이다. 이제 그 사랑을 조금씩 내 가족과 이웃에게 나누고 봉사하는 것은 어떨까.

내가 조금씩 나눈 그 마음이 조그만 씨앗이었던 사랑을 싹 틔우고 꽃피워서 결국에는 더 큰 열매를 맺을 수 있도록 말이다.

　　이 책은 내가 일상에서 느꼈던 소소한 일들과 마음의 단상들을 조금씩 적어 예수회 사이트에 올렸던 글들이다. 애초에 책을 내자고 작정하고 썼던 글도 아니고, 그저 나와 같은 길을 걷고 있는 분들과 함께 소박하게나마 그분을 느끼고 마음을 나누고자 했던 글들이다. 이 글들을 통해 세상의 모든 이들이 자신을 소중한 존재로 여기고, 하루하루를 기쁘고 감사하는 마음으로 살아가며 그분의 큰 사랑을 깨달아 서로 사랑하며 살게 되기를 바라는 마음이다. 그리고 수도자의 길을 걸으면서 힘든 시간과 수난의 시간을 함께 해 준 천사같은 분들께 이 지면을 빌어 감사를 드리고 싶다. 특히 티엔진, 선양, 따리엔, 웨하이, 미얀마, 몽골리아, 하노이, 그리고 그 밖의 지역에서 내가 만났던 많은 교우와 은인들 특히 루카, 아네스, 데레사, 베드로, 바오로, 알베르또, 요한, 요셉, 마지아, 루스, 시메온, 안당, 스테파노, 요아킴, 안드레아, 젬마, 모니카, 안나, 이레네아, 혜론 등 많은 분들께 다시 한 번 진심으로 감사를 드린다.

　　끝으로 하느님과 나를 존재케 하신 부모님께 감사 드리며, 이 글을 쓸 수 있도록 뒤에서 힘이 되어 주신 예수회와 도서출판 하우의 박영호 대표, 그리고 임직원들에게도 감사를 드린다.

2008년 1월 무자년 노고산 서강 언덕에서

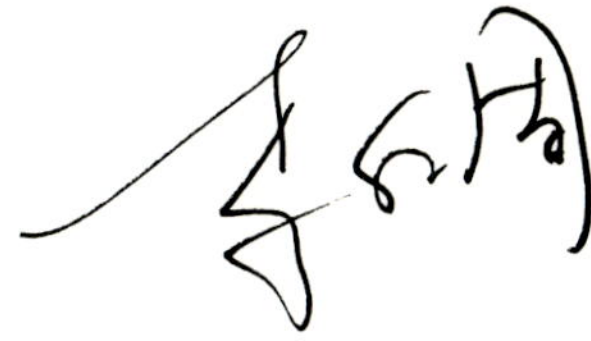

프롤로그

첫 번째 이야기 **일상으로의 초대**

예수님의 말씀 중에 더 중요한 대목은,
"내가 너희의 발을 씻겼듯이, 너희도 서로 씻겨 주어라."이다.
여기서 씻김은 발뿐만 아니라 서로 꼬인 속마음을 다 풀어서 씻겨 주라는 말이다.
즉, 모든 죄가 다 사해지도록 서로 용서하고 화해해서
사랑의 공동체를 이루라는 뜻이다.

프롤로그

프롤로그

지금은 가톨릭 사제로 살아가지만 실은 불교의 스님이 되고 싶었다. 그런데 세상을 알아가다 보니 마음이 가톨릭으로 바뀌어 갔고, 가톨릭 안에도 독신의 삶이 있으며 도시에서도 얼마든지 수도의 삶이 가능하다는 것을 알고는 공부를 시작하였다. 그 삶이 어떤 삶인가를 알고 싶었다. 그런데 그 깊이가 아주 깊기에 그냥 세속 사람의 삶으론 어렵다 판단되어 기꺼이 가톨릭 사제가 되었고, 지금은 예수회 사제로 살아가고 있다.

해도 해도 부족함을 느끼는 이는 나뿐이 아니라고 생각되지만 그 중에서도 나는 더 부족한 사람이라고 생각된다. 그럴 때마다 다가오는 향수 하나가 있다. 사실 어릴 적 내가 바랐던 꿈은 깊은 산속 옹달샘 옆, 작은 암자에서 조용히 칩거하며 사는 거였다. 이제 그것은 영원한 꿈이지 싶어 아쉬운 마음이 든다. 그러나 하느님은 그런 삶이 나에게 꼭 필요한 것이라면, 그것도 또한 허락하시리라 생각한다. 왜냐하면 그분은 내가 필요로 하기보다 세상이 그것을 영적으로 요구하게 되면, 또 그렇게 허락하시기 때문이다. 다만 그 가운데 내가 얼마나 그분과 일치를 이루느냐가 관건이 될 것이다.

내가 모 회사 영업담당 일을 하고 있을 때, 어느 시골 아주머니 한 분이 빚을 지고 갚지 못해 직접 그 집을 방문했었는데 '아니 이건 또 뭐야?' 하고 입이 벌어진 일이 있었다. 봄날 저녁, 물어물어 찾아간 시골의 구석 끝 집에는 전기도 없었고 아이들은 엄마가 오지 않아 배고파 울고, 할머니는 망령이 들어 보이고 남편은 말기 암으로 투병 중이었다. 그러니 생계를 떠맡은 아주머니는 얼마나 힘들었겠는가. 아주머니를 기다리다 보니 아이들이 안되었기에 우선 빵과 우유를 사다 아이들을 달래었다. 시골의 순진한 아이들이라 언제 울었냐 싶게 그저 까르륵 한다. 마치 물 만난 물고기처럼 그렇게 좋을 수가 없다. 그렇게 한참을 기다리니 아주머니가 왔고 날 보는 순간 죄인을 용서해 달라 하는데…… 무엇이 죄인가 싶어 같이 미안해 하다가 잘 살라고 하고는 돌아왔다. 그날 밤, 양심성찰을 하는데 왜 그리 인생이 서글프던지 홧김에 "하느님 인간이 도대체 뭡니까?" 하고 하느님께 하소연을 하고는 병이 나 자리에 누워 버렸다. 그 아픔이 쉽게 가시질 않더니 그냥 일주일을 앓았다. 그리곤 더 이상 그 일을 하지 않았다. 무병(巫病)이었다. 그길로 나는 노벨도 신부와 이야길 나눴고 길을 선택했다. 그것이 지금 걸어가고 있는 이 길이다. 물론 오래 전부터 나의 내면에는 어떤 흐름이 있었다. 그것을 다 표현하자면 참 긴 이야기이다. 다만 하나, 이런 과정을 겪으면서 나의 성소 하나만 보더라도 하느님께서는 참 오묘하신 분임을 온몸으로 느낄 수 있다.

적어도 우리가 잘 살았다 함은, 죽어 그분 앞에 갔을 때 '그래요 당신의 창조질서에 따라 아주 잘 살다 왔습니다. 기꺼이 당신의 나라에 받아 주십시오' 하고 당당히 말할 수 있는 나인가를 보는 것이 중요할 것이다. 이런 차원에서 본다면 하느님의 오묘한 창조의 신비와 우리들이 엮어 나가는 환경의 무질서로부터 조화가 무엇인가를 제대로 봐야 할 것이 아니겠는가 싶다. 다시 한 번 개구리의 울음이 슬프게 들리지 않고 창공의 노랫소리로 들릴 수 있는 그런 날이 서울 한강의 여기저기에서 들려오길 기대해 본다.

일상으로의 초대

밉다
미워 죽겠는데
근데 저 인간을 어찌하라고……

그러나 속을 보라
옛날 그 인간이 아니다
그걸 볼 수 있음의 변별은
자신을 접고 또 접은 사람에게만
주어진 천상의 입맞춤이라고나 할까

아들은 아비를 뭐라 해도
아비는 아들을 속앓이로라도 보듬는다
그 속에 녹아나는 것들 있으니
상처 속에 피는 용서의 꽃이요
받아들여짐의 체취이다.

– 이인주 詩 중... 용서의 꽃

선택

　　인생이 무어냐고 물으신다면 인생은 눈물의 씨앗이 아니라 선택이라고 서슴없이 대답하고 싶다. 그 이유는, 인생은 확실히 선택이기 때문이다. 내가 무엇을 선택하느냐에 따라 내 인생이 천국의 삶이 될 수도 있고 지옥의 삶이 될 수도 있는 것이다. 얼마나 나의 마음을 열어 놓고 선택하느냐에 따라 자신의 삶의 폭과 질이 그만큼 달라질 수 있다는 의미이다. 예수님과 같은 분은 처음부터 끝까지 자기 중심이 아니라 아버지의 뜻에 따라 자신을 맞추어 사셨기에 누가 감히 따라 올 수 없을 만큼 자신의 마음을 넓게 하셨다. 또한 늘 선택을 함에 있어서도 자기중심이 아닌 타인 중심의 선택을 함으로써 봉사의 대가요 사랑의 대가로 드높여지셨다. 뿐만 아니라 시공을 초월하여 우리 곁에 함께 계시면서, 지금 이 시간에도 우리에게 올바른 선택을 하도록 초대하고 계신다.

　　인생을 정의한 사람 중에 최염순이란 작가가 있다. 그의 〈미인대칭 비비불〉이라는 작품에 좋은 내용이 있기에 인용해 본다.

　　"여러가지 인생에 대한 정의 중 인생은 B to D라는 말이 가슴에 다가온다. B는 Birth(태어남)이고, D는 Death(죽음)이다. 즉 인생은 태어났다가 죽는 것, 그 이상도 그 이하도 아니다. 그럼 B와 D 사이에는 무엇이 있는가? C가 있다. C는 무엇인가? 바로 Choice(선택)이다. 즉 인생은 주어지는 것이 아니고 선택하는 대로 되는 것이다."

그렇다. 인생은 어떻게 선택하느냐에 따라 자신을 완전히 천지개벽하게 할 수도 있는 것이다. 물론 요즘 세상엔 그렇지 않은 경우도 있긴 하다. 자신의 어머니나 주위 사람에 의해 자신의 운명이 완전히 좌지우지 당하는 경우도 있기 때문이다. 바로 임신 상태의 어머니에 의해 고민당하는 경우가 그에 해당한다.

많은 고민 끝에 선택을 당해 세상에 나올 수 있었다 해도, 선택해 줄 것인가 말 것인가를 오래 고민한 만큼 그 아이의 선택 과정도 고난의 길이다. 그리고 성장과정은 말할 것도 없고 어른이 되어서까지도 상처 덩어리 속에서 살아가게 된다. 이런 차원에서 예수님도 그런 부류에 들어갈 뻔하신 분이다. 만의 하나 성모님께서 너무 오래 고민하셨거나, 부정적인 생각으로 이상한 쪽의 선택을 하셨다면 세상은 엄청나게 달라졌을 것이다. 그러나 현명하시고 순수하시며 하느님 아버지와 늘 일치하시는 마리아이셨기에, 확실한 선택 속에서 아들을 하느님의 아들이 되게 하셨다. 그리고 그 은총으로 예수님의 어머니가 되신 것이다. 사람들이여, 나는 지금 어떤 선택을 하고 있는가를 잘 보라.

자신의 인생을 책임질 수 있는 성숙한 사람은 늘 정갈한 선택을 하는 식별의 힘이 있는 사람이다. 잘 나가는 사람과 못 나가는 사람의 차이나, 깨달음을 가진 사람과 그렇지 못한 사람의 차이, 그리고 성인과 악인의 차이는 어떤 선택을 하며 살았느냐에 달린 것이다. 즉 젊은 날에 올바른 식별 방법을 제대로 몸에 익혀 참선택을 한 사람은 깨달음을 얻어 성인의 길에 들어설 수 있을 것이고, 그 반대를 택한 사람은 구렁텅이에서 헤어나기가 쉽지 않을 것이다.

높은 산 정상에서의 5미터가 평지의 몇 십 킬로미터가 되듯이, 한 번 잘못 선택함으로 인해 평생 그릇된 삶을 살 수 있음을 직관할 수 있는 능력을 기르자. 그리고 우리가 선을 선택하면 하느님께서는 언제나 축복으로 다가오신다는 것을 기억하며 살자.

고집

적당한 고집은 사람들을 건강하게 할 수도 있으나, 지나친 고집은 자신과 상대방까지도 곤경으로 몰아넣을 수 있다. 그러므로 우리는 잘못된 식별이나 선택이었다는 생각이 든다면 바로 수정하는 용기가 필요하다. 물론 그 안엔 나름대로의 원칙이 있을 것이다. 원칙을 무시하라는 것은 아니다. 이런 차원에서 우리 삶의 질을 높이기 위해 우린 양심성찰이라는 것이 필요하다. 양심성찰을 깊게 하는 사람들은 고집이 세질 않다. 왜냐하면 양심성찰 안에선 고집에서 나오는 오류들이 훤히 보여지기 때문에, 고집을 위한 고집이 얼마나 나쁜것인가를 알기 때문이다. 양심성찰의 자기화는 머지않아 자신을 식별의 대가로 만들어 줄 것이다.

리더스 다이제스트에 댄벨이라는 분이 쓴 글이 좋아 적어 본다.

어느 안개 낀 날 밤, 해군함장은 바다에서 자기 배를 향해 오고 있는 배의 불빛을 보았다. 그는 선원에게 "배의 항로를 남쪽으로 10도 바꿔라."는 신호를 보내라고 명령했다. 선원이 신호를 보내자. 그 배는 "당신 배의 항로를 북쪽으로 10도 바꿔라."라고 응답했다. 함장은 다시 신호를 보냈다. "나는 함장이다. 당신의 배의 항로를 남쪽으로 10

도 바꿔라.” 다시 응답이 왔다. “나는 해양 경비대원이다. 당신의 배의 항로를 북쪽으로 10도 바꿔라.” 이 마지막 신호에 화가 난 함장은 “여기는 해군 전함이다. 당신의 배의 항로를 남쪽으로 10도 바꿔라.”라는 신호를 다시 보냈다. 돌아온 응답은 다음과 같았다. “여기는 등대다. 당신 배의 항로를 북쪽으로 10도 바꿔라.”

이런 상황을 놓고 고집이라 할 수도 있다. 나름대로 이해는 간다. 정확히 알지 못하기에 그럴 수 있다고 생각한다. 그러나 상황이 상황인 만큼 내가 아무리 높은 자리에 있거나 권력이 있다 해도, 더 늦지 않는 순간에 고집을 버리고 결정을 내리는 것이 얼마나 중요한지 우리는 너무나 잘 안다. 만의 하나 끝까지 등대를 향해, ‘어! 저게 웃기고 있네’ 하며 항해를 했다면 어떤 일이 발생했겠는가는 불 보듯이 뻔한 일이다. 우리는 일상 안에서도 고집으로 인해 망신을 당하는 경우가 종종 있다. 원칙은 불변하는 것이다. 등대는 그 상황에서 없어질 수 있는 것이 아니다. 물위와 육지는 원칙을 달리하는 것이다. 즉 만든 이와 만들어진 이가 같을 수 없듯이 말이다. 옹기가 옹기장이에게 ‘당신 왜 나를 이렇게 만들었어?’ 하고 고집을 부릴 수 없듯이 말이다. 간혹 우리 안엔 그런 경우도 없지 않다. 이를테면 왜, 어찌하여, 아버지 나를 이렇게 만들었느냐고 말이다.

남편이 아내에게 혹은 엄마가 딸에게 고집을 서로 부리는 가운데 냉전은 시작되고, 횡횡 시베리아의 찬바람이 집안에 몰아쳐 들어온다. 무엇이 문제일까? 문제는 복잡하지 않다. 다만 있는 것을 그대로 인정하고 받아들이면 그 안에 모든 것이 다 해결될 뿐이다. 그런데 있는 그대로를 받아들이는 것이 그만큼 어려운 것이다. 이유를 모르는 것도 아니다. 고집을 부리는 이면을 들여다보면 그 안에 자리잡고 있는 것이 있는데, 바로 자존심이다. 그것이 문제인 것이다. 알량한 자존심, 그 자존심이 뭘 가져다 주는 것도 아닌데…… 참으로 아내와 남편, 그리고 아이들을 사랑한다면 그 알량한 자존심 따위는 버려라. 그러면 버린 그 자리에 하느님 사랑의 은총이 함께 할 것이고, 그 가정 안에 행복의 향기가 솔솔 피어 오를 것이다.

상처 너머의 사랑

세상을 살면서 상처 받으며 살고 싶은 사람은 아마 없을 것이다. 그러나 삶 자체가 고(苦)라고 했듯이, 인생은 어차피 고난의 연속이다. 그렇다고 그 고난을 계속 만들 필요는 없다. 그 고난의 고리를 끊어 낼 수 있다면 끊어 내야 한다. 물론 쉽지는 않지만, 노력하고 마음을 비우는 작업을 하는 사람에겐 빠른 시간 내에 그 시간이 도래할 것이다. 그럼 뭘 어떻게 할 때 그것이 가능할까?

먼저 마음을 비워라. 이냐시오의 영신수련에서 자신을 알아 나가는 것은 자신이 가지고 있는 것을 솔직히 인정하고 그분과 같이 순수함으로 나아가는 것이다. 이런 차원에서 우린 있는 그대로의 나의 모습으로 돌아가야 한다. 즉 내가 비워져 있어야만 타인의 이야기나 감정, 그리고 그 이상의 어떤 것도 받아들일 수 있는 것이다. 대부분의 사람들은 내 것을 타인에게 채워 주려고만 하는데 그런 상태에선 절대로 상처를 줄일 수 없다. "나는 그렇게 해야 상처를 안 받습니다."라고 하는 사람들도 있는데 실은 상처를 안 받는 것이 아니라 안 받는 척하는 것일 뿐이다. 그러므로 상처받기를 원하지 않는다면 자신의 마음을 비울 수 있을 때까지 다 비워라. 그것이 상처를 줄이는 첩경이다.

마음을 비운 사람은 상처를 줄이는 데 일단 성공했다고 볼 수 있다. 마음을 비운 다음엔 그 자리에 사랑을 심어라. 내가 사랑하지 않는데 상대가 나를 사랑한다고 한다면 그건 분명 어불성설이다. 물론 예수님 같은 분이 상대방이라면 그것은 물론 다를 것이나, 세상에 예수님 같은 분을 만나기란 그리 쉬운 일이 아니다. 우리에게 상처나 문제가 발생했을 때의 특징을 보면, 우리는 점점 더 자신 안으로 기어 들어 간다는 것이다. 그러면서 동시에 드러나는 것은, 나는 안 그런데 상대방이 더 나쁘다고 말한다는 것이다. 그렇기에 상처를 받는다고 생각한다. 그러나 절대로 그렇지 않다. 상처는 주는 사람이나 받는 사람의 정도의 차이는 있어도 서로 함께 받는 것이다. 내가 상처를 받고 있다고 생각한다면 상대방도 어떤 차원에서든지 상처를 받는 것이다. 상처 받았다고 느낀다면 예수님께서 하신 말씀을 잘 새기자. 예물을 바치러 갈 때 먼저 화해하라고 하셨다. 그것을 실천할 수 있는 사람은 마음을 비울 수 있는 사람이요, 사랑을 나눌 수 있는 사람일 것이다.

우리가 죄를 짓는 경향을 보면 생각과 말, 그리고 행동의 순서로 죄를 짓는다. 생각은 들어오는 것이기에 마음을 다스리는 훈련을 하지 않는 한 컨트롤이 불가능하나, 말은 절제가 가능하다. 그 가능하다는 것이 참 정의하기가 어렵기는 하지만 말이다.

"말을 배우는 데는 2년이 걸리지만, 침묵을 배우는 데는 60년이 걸린다고 한다. 누구나 듣기보다 말하기를 좋아하는 이유는 상대를 이해하기 전에 내가 먼저 이해받고 싶은 욕구가 앞서기 때문이다. 이해받으려면 내가 먼저 상대에게 귀 기울여야 한다. 먼저 이해하고 다음에 이해 받으라. 말하기를 절제하고, 먼저 상대에게 귀 기울여 주자."

이 말은 조신영·박현찬의 〈경청-마음을 얻는 지혜〉 중에서 인용한 것이다. 그러므로 상처를 원하지 않는다면 생각부터 조심하고, 말하는 것은 더 말할 나위 없으며, 행동 전에 재삼재사 고려하지 않으면 안 됨을 생각하라.

그러므로 상처가 두렵거든 오관을 활용하라. 온몸으로 자신을 다스리는 법을 배워라. 즉 관상과 묵상, 그리고 그것을 할 수 있는 자료인 성서를 몸과 마음에 새겨라. 그것만이 상처로부터의 해방을 알리는 신호탄이 될 것이다. 이런 과정 안에서 우린 그리스도의 사랑을 만나게 될 것이고, 그 사랑만이 상처도 사랑으로 바꿔 놓을 수 있다는 것을 알게 될 것이다.

도전

사람들은 수없이 도전을 한다. 그러나 그 도전에 성공하는 사람은 그리 많지 않다. 왜일까? 다름 아닌 은근과 끈기의 부족이다. 도전을 할 때는 이것을 하지 않고서는 도저히 물러설 수 없다는 어떤 확신과 신념을 넘어 신앙이 있어야 한다. 그런 사람은 무엇이든지 다 이뤄 낸다. 물론 예수님처럼 되기는 어려워도 포기하지 않는 그 신앙 안에 예수님의 도우심이 내려질 것이고, 그 안에서 안 되는 것도 되게 하는 확신이 생길 것이다. 믿음이 전제된 도전이 꼭 필요하다.

다니엘 키스터 신부님의 신앙을 소개해 보고자 한다. 키스터 신부님은 미국 분이시지만 한국에서 오랜 선교의 삶을 사셨고 서강대 영문과 교수직을 정년퇴직하시어, 제2의 선교지인 중국 스촨의 한 대학에서 계속 영문학을 가르치고 계신다. 신부님의 도전 정신이 너무 부럽다. 물론 오래 전부터 계속 중국 선교에 대해 준비를 해오신 것은 사실이지만, 지금 나이가 일흔이 넘으셨다. 그럼에도 불구하고 많은 사람들이 기피하는 중국에서 선교의 삶을 살고 계신다. 무엇이 신부님으로 하여금 그런 강한 도전 정신을 가지시게 만든 것일까? 그것은 말 그대로 그분 안에 살아 있는 근성인 은근과 끈기의 영성이라고 이야기할 수 있다.

　　신부님은 끊임없는 기도 속에서 연구하시고, 옳다고 판단되는 것이 있으면 포기하지 않으시고 끝까지 도전하신다. 예를 들어 장상(長上)에게도 강하게 도전을 하신다. 당신이 기도 안에서 확신을 얻었다면 끝까지 도전하신다. 안 통하고, 안 들어줄 것 같으면 일단 후퇴하지만 그것으로 끝내는 일이 없으시다. '그래서요, 그래도요, 그건 꼭 해야 합니다' 로 결론을 내시면서, 반드시 일을 성사시키는 영적인 뒷심이 있는 그런 분이시다. 그런 은근과 끈기의 영성이 있으시기에 남들은 은퇴하여 비실거릴 때, 키스터 신부님은 청춘의 삶을 다시 시작하실 수 있는 것이다. 이런 것 하나만 보더라도 우리에겐 늘 도전의 삶이 요청된다.

　　"많은 사람이 실패하는 이유는 너무 빨리 단념하기 때문이다. 안 좋은 조짐만 보여도 믿음을 잃는다. 한 번 붙어 보겠다는 도전정신과 계속해 나갈 용기를 불태우자. 더 많은 이가 불가능에 도전하고 실패하기를 반복한다면, '불가능은 없다' 는 옛말을 더 빨리 깨닫게 될 것이다. 공포를 이겨 내라, 그러면 무엇이든 원하는 것을 이룰 수 있을 것이다." 이것은 C.E. 웰치 박사의 글이다.

　　사람에겐 하느님의 본성이 잠재되어 있기에 하고자 하는 확실한 선의 도전 의식만 가지고 있다면 분명히 뭔가를 이뤄 낼 수 있을 것이다. 그러나 많은 사람들이 근접한 접전까지 도전해 가긴 하는데 마지막 순간에 무너짐을 너무 자주 목격하게 된다. 사실 도전하여 성공하고 실패하는 사람의 차이가 아주 큰 것은 아니다. 어떤 때는 겨우 백지장 한 장의 차이에 불과하다. 그럼에도 불구하고 실패와 성공의 길은 확연하게 다르다. 도전하는 사람들에게 이야기하고자 하는 것은 '도전을 하되, 절대 포기하지 말라' 는 것이다. 그럼 성공은 눈앞에 있게 될 것이다. 성공하고 안도의 숨을 내쉬는 순간까지 긴장을 풀어서는 안 된다. 그리고 또 하나 도전과 함께 가져야 하는 것 하나는 신념을 넘는 믿음이다. 나 외에 그분께서 함께 하시고 계심을 굳게 믿고 도전해 나가자.

비움이 주는 자유로움

복음삼덕 중의 하나가 청빈이다. 청빈은 비움을 말한다. 그러나 말이 쉽지 비움은 절대로 쉽지 않다. 수도생활을 떠날 때의 내 모습이 떠오른다. 달랑 가방 하나에 옷가지 몇 벌이 다였다. 그런데 20년이 지난 오늘 옷장을 들여다보니, 내가 수도자가 맞는지 반문하지 않을 수 없다. 어느 새 쓸 것 못 쓸 것 합쳐 꽤나 많아 보인다. 물론 세간(世間)의 사람들에 비하면 적은 것이겠지만 본래 청빈의 정신으로 돌아가 본다면 좀 그렇다. 문제는 옷가지 몇 벌 더 있는 것이 아니고 정신 안에 있는 청빈의 실천력이요 무너진 빈 마음의 자세이다. 그렇다고 망한 건 아니지만 현실과의 타협 정도가 점차 높아진 것이 사실이다. 그럼 어디에서 그걸 배울까? 모두 유목민이 되라. 선교사가 되라. 높이 나는 조류가 되라.

유목민은 짐이 많으면 살아남기 어렵고 선교사가 살림이 많으면 제대로 선교할 수 없다는 말이 있다. 예수님이 뭐라 하셨는가? "여벌 옷, 지팡이, 돈지갑도 가지지 말라." 하셨다. 많으면 이동이 어렵고 더 많으면 하느님께 의존하지 않고 자기 자신에게 의존하기에 하신 말씀이시리라. 하늘을 나는 새들을 보라. 그들이 자유롭게 날 수 있음은 바로 빈자의 모습이기 때문이다. 닭이나 오리들은 제대로 날지 못

한다. 그 이유는 간단하다. 그것은 바로 퇴화이다. 그럼 왜 퇴화했을
까? 그저 앞에 있는 모든 걸 쉴 새 없이 먹는 가운데 비만이 되었기에
그럴 것이다. 그러나 철새들은 자신의 위 속에 3분의 2 이상을 채우지
않는다고 한다. 그렇기에 언제든지 자신이 날개짓만 하면 가고자 하
는 곳을 향해 비상할 수 있는 것이다. 이것이 바로 비움, 청빈이 주는
자유이자 특혜이다.

소니의 창업자 이부카 히토시는 '버리고 비우는 일은 소극적인
삶이 아니라 지혜로운 선택' 이라고 하면서, '다이아몬드를 쥐기 위해
서는 손에 쥔 구리는 버려야 한다' 고 했다. 비울 수 있는 사람만이 새
로움을 맛볼 수 있는 것이고 더 높이 나는 새가 더 많은 먹이를 구할
수 있는 법이다. 청빈을 실천하는 사람에겐 맑은 정신이 있기에 그 안
에 채워지는 것은 당연히 신선한 것일 것이다. 그렇다면 비움, 청빈의
마음은 어떻게 해야만 가능할까? 아마도 끊임없는 수련만이 그 해답
이 될 것이다. 그리고 비움의 대가이신 예수님을 닮고자 노력한다면
비움이 주는 특은이 무엇인지도 발견하게 될 것이다. 그러나 발견했
다 해서 안심해서는 안 된다. 발견했다고 느낀 그 순간이 시작임에 불
과하기 때문이다. 많은 경우, 실패하는 이유가 이제 시작인데 이뤘다
는 착각 속에 머물기 때문이다. 그래서 불가에선 이렇게 가르치고 있
질 않는가. 수행을 하다가 부처를 만나면 그 부처를 죽이라고. 아마도
부처 속에 머무는 순간에 수행을 더 진행할 수 없기에 그런 것이리라.

아인슈타인은, "외웠느냐? 그러면 따라할 수 있다. 잊었느냐?
그러면 창조할 수 있다!"라고 버림의 미학을 강조했다. 많이 외운 것

도 의미는 있으나, 더 중요한 것은 얼마나 과거에 집착하지 않고 빈자로서의 자유로움 속에 새로움을 발견해 내는가이다. 동양의 배움은 많은 경우 지식을 위해 암기를 한다. 그러나 서양의 배움은 그 암기로 배운 것 안에 얼마나 많은 것을 응용하느냐를 중요시하고, 응용 후의 창작에 관심을 둔다. 즉 과거의 배움에 집착하지 말고 더욱 더 새로움을 향해 나아가라는 의미이다. 하나를 가르쳐 주었더니 열을 알더라. 이것은 바로 창작을 의미한다. 창작은 과거에 집착하지 않고 과거를 비움으로 해서 새로움에 도전하는 것이다. 그 안에 새로운 영역이 나래를 펴는 것이다. 고전이 주는 중후함이 있지만 그 안에 새로움이 내어주는 신선함도 함께 맛볼 수 있는 그런 사람으로 거듭남이 중요하다.

진보하고 거듭나려거든 우선 손이든 마음이든 비워라. 비우는 가운데 채워지는 영역을 보라. 그 영역도 내 능력만을 고집하지 말고, 그분이 주시는 영적 능력을 믿고 그것으로 거듭나라. 그 속에 빈자의 마음의 보석이 있으리라. 그것이야말로 비움이 주는 자유로움을 진정으로 만끽하는 것이리라.

꿈이 실현되어 가고 있는가?

꿈이 없는 사람은 이미 죽은 사람이나 다름없다. 누구나 꿈을 꾸듯이 꿈은 잠에서나 현실에서나 늘 따라오게 마련이다. 그 꿈이 잠을 자다 온 것이든 현실에서 실현 가능한 상태에서 온 것이든 다 괜찮다. 다만 그걸 어떻게 실현시키느냐가 중요할 뿐이다.

대만의 저명인사 중의 한 사람인 스탄 시라는 전자회사 회장은 용 꿈을 가졌고, 그 꿈을 실현시키기 위해 최선을 다해 공부를 했으며 지금도 그 용 꿈을 실현시켜 나가고 있다. 그런데 그 용 꿈이 참 대단하다. 대부분의 사람들이 자신의 개인 꿈을 가지는 것이 보통인데, 이 사람은 자신의 꿈을 대만에서 시작하여 아시아, 그리고 세상의 모든 사람을 상대로 실현시켜 나가고 있다. 물론 반도체나 IT 전자업계를 종합해서 그 꿈을 실현시켜 나가고 있지만, 그 꿈이 하늘에서 용이 내려와 도와주기라도 하듯 폭넓게 실현시켜 나가고 있다. 세계의 거부 빌 게이츠도 그를 칭찬하고 있다.

물론 신부가 왜 공학도이며 경영의 달인이 되어 있는 사람의 꿈에 대해 이야기하느냐고 할 수 있을 것이다. 그가 단순히 돈과 명예에만 관심이 있는 그런 사람이라면 그를 이렇게 높게 평가하지 않았을 것이다. 그는 공학도였지만 인문학에도 큰 비전을 제시하고 있는 사람이다. 그는 이렇게 표현하고 있다. "자신의 연구는 인간 영혼에 비전을 제시하고 있다." 그는 컴퓨터 부품 하나하나를 만들 때에도 최상으로 만들어 그것들을 하나하나 조합하여 인간의 삶을 풍요롭게 하는 선구자가 되고, 그와 동시에 자신의 꿈을 실현시켜 가는 사람이다. 그는 또한 미래를 예측하는 능력을 가진 사람이라 할 수 있다. 적어도 미래를 예측한다고 하는 것은 그 분야를 완전 장악, 섭렵하지 않고서는 불가능하기에, 이런 면에서 스탄 시를 현대의 달인 중의 한 사람으로 보고 싶다.

예수님의 부모님이신 마리아와 요셉도 처녀 총각 시절에는 소박한 삶을 살았지만 성령에 의해 큰 꿈을 가지지 않으면 안 되었고, 그 꿈을 실현시켜 가는 가운데 많은 시련도 뒤따랐다. 그러나 그 시련의 결실과 하느님의 크나큰 은총에 힘입어, 자신의 아들을 세상이 변하고 천지가 개벽을 해도 어떻게 할 수 없는 사람으로 만드셨다. 물론 그분들이 만들었다고 이야기할 수는 없지만, 이유야 어떻든 그분들로 하여금 하느님은 세상에 큰 비전을 제시하게 되신 것이다.

그럼 나는 어떤 꿈을 가지고 있는가? 자신 안으로 들어가 자신의 꿈을 보자. 먼저 내가 꾼 꿈과 내가 간직한 꿈을 살펴보자. '어! 내가 꿈이 있었던가?'라고 이제서야 반문을 한다면 그 사람은 큰 비전이 있는 사람이라고 이야기할 수 없다. 그렇다고 자멸하듯이 한숨을 내쉴 필요도 없다. 다른 사람에 비해 좀 늦은 편이지, 희망이 없다는 이야긴 아니기 때문이다. 지금부터라도 야무진 꿈을 한 번 가져 보라.

뭐 이렇다 할 만한 꿈이나 희망이 들어오지 않는다면, 그럼 하느님, 예수님, 성모님께 소박한 꿈이라도 가질 수 있도록 기도 해 보자. 그럼 그분들께서 오늘 밤 꿈에라도 내게 희망을 담아 선물로 주실지 모르는 일 아니겠는가? 아니다. 간절히 소원하면 하느님께서는 반드시 그 응답으로 꿈을 내려 주실 것이다. 기다려 보라. 만의 하나 꿈이 하늘로부터 내려왔다면 이젠 그 꿈을 절대로 놓치지 마라. 꿈은 실현시키고자 노력하는 가운데 성취되는 것이니 말이다. 그리고 좀 어렵다고 포기하지도 마라. 어려움 없이 이뤄지는 것은 아무것도 없다. 이를테면, 기술이 생기면 돈이 걱정이고 돈이 생기면 유혹이 뒤따르는 것이 인생사의 생리이듯이 말이다. 이걸 감내해 내는 사람만이 하느님이 내려 주신 꿈을 실현시킬 수 있을 것이다. 누구는 세상 전체를 상대로 용 꿈을 실현시켜 나간다는데, 난 조그만 구멍가게 하나 제대로 실현시키지 못해서야 되겠는가? 영적인 꿈과 현실적인 꿈을 조화시켜 나가는 그런 사람이 되도록 나를 설계해 보자. 그 설계 안에 나의 신앙과 철학이 자리잡을 것이다.

꿈을 실현하는 사람에겐 희망이 있다. 희망은 기쁨이다. 기쁨을 먹고 사는 사람의 모습은 어떠한가? 늘 얼굴에 미소가 떠나질 않는다. 요즘 참 덥다. 그러나 더위도 8월과 함께 사라지게 되어 있다. 그냥 그 더위도 즐겨 보자. 그러면서 더위와도 놀며 웃어 보자. 스탄 시 회장은 이미지도 좋지만 늘 얼굴에 미소가 떠나지 않는다. 자신의 모교를 방문했을 때의 모습을 보니 자라나는 꿈나무들에게 스스럼없이 친구가 되어 주면서, 얼굴에는 진지하면서도 미래를 환하게 하는 그런 미소를 짓고 있었다. 예수님도 제자들에게 희망과 동시에 늘 보너스로 미소를 선물로 주셨다고 느껴지는 건 나만의 생각은 아닐 것이다. 이냐시오 성인의 경우, 그분이 대화하는 자리엔 늘 웃음소리가 끊이지 않았다고 한다. 기왕이면 웃음과 함께 꿈을 다시 실현시키도록 해 보자.

예수님의 집중력

예수님의 집중력은 대단하셨다. 물위를 걸으시나 했더니 물을 포도주로 변화시켜 놓으셨고, 죽은 사람을 살려 놓으시나 했더니 당신 스스로 영원한 생명으로 다시 살아나셔서 세상을 놀라게 하셨다. 그리고 끝으로 사람들이 영원히 사는 진리를 터득하게 하셨다. 예수님은 이런 방법을 세상을 많이 살지 않으시고도 터득하셨다. 그 터득인 '깨달음의 힘'이란 어디에서 나온 것일까? 이것이 궁금하여 기도 안에서 찾아 나서 보았다. 그것은 집중력이 아닌가 싶다. 물론 굳센 믿음이 낳은 집중력이라고 느껴진다.

"많은 사람들이 정해진 시간을 한 가지 방향으로만 사용하고 한 가지 목표에만 집중한다면 그들은 성공할 것이다. 문제는 사람들이 다른 모든 것을 포기하고 매달리는 단 한 가지 목표를 갖고 있지 못하다는 것이다." 이말은 토마스 에디슨이 한 말이다. 에디슨이 예수님을 얼마나 묵상했는지는 몰라도 그는 나름대로 집중력의 중요성을 깊게 깨달은 분이라고 보여진다.

이런 차원에서 우린 어떤 일을 정하면 그 일에 몰두하고 몰입하는 사람이 되어야 하고, 나름대로 그 안에서 결과를 낼 수 있는 사람들이 되어야 한다. 단, 그때마다 우린 머리를 식힐 필요가 있고 그 머리를 식히는 중요한 시간에 조금의 시간을 더 내어야 한다. 그것이 바로 집중력에 집중력을 배가시키는 분을 만나는 시간이다. 그럼 그분은 과연 누구이신가. 토마스 에디슨? 아니다. 어떤 인물도 예수님의 집중력을 능가한 사람은 없으므로 쉼과 집중력 사이에서 그분을 꼭 만날 필요가 있다. 그러면 그 사이에 쉼의 진수와 집중력의 극치가 무엇인지를 깨닫지 않겠는가 말이다.

"제대로 집중하면 6시간 걸릴 일을 30분 만에 끝낼 수 있지만, 그렇지 못하면 30분이면 끝낼 일을 6시간 해도 끝내지 못한다." 아인슈타인의 말이다. 물론 모든 일을 빨리 하라는 것이 아니다. 집중을 하면 이렇게 손쉽고도 완벽하게 할 수 있는 일을 더디게 하면서도 결과는 좋지 않을 수 있다는 이야기를 하고 싶은 것이다.

그러므로 어떤 공동체이든지 일이 잘 안 되거나 효율성이 많이 떨어진다면 반드시 짚고 넘어가야 하는 것이 바로 집중력이다. 만의 하나 집중을 하기는 하는데, 엉뚱한 곳에 몰입하고 있다면 그것은 결코 능률을 올릴 수 없을 것이다. 예를 들면 우리나라 어머니들은 아이들 학업성적에 집중 그 이상의 집중을 한다. 그럼에도 불구하고 아이가 성적이 오르지 않는 경우가 다반사이다. 그러나 아이의 성적이 왜 안 오르는가에 대해 얼마나 집중을 했는지 그리고 자신의 아이에 대한 집중과 더불어 자신의 긍정적인 삶에 얼마나 집중하고 있는가를 점검해야 한다고 생각한다.

이것이 예수님의 집중적인 삶을 제대로 보며 살아가는 사람이고, 실제로 자신이 예수님의 믿음의 집중 안으로 들어가는 사람이라고 생각한다. 그런 상태에 이르면 아이도 사람인지라 엄마의 집중력에 감화되어서라도 집중 안으로 들어갈 것이다. 그 안에서 변화가 올 것이고 그 변화가 쌓여 기적이 일어나는 것이다. 믿을 수 있으면 믿고 나를 따르라는 것이 아니라, 예수님의 믿음의 집중력 안으로 들어가라는 안내이다.

예수님은 천재형이셨을까,
아니면 노력형이셨을까?

이런 유(類)의 질문에 어떻게 답하는 것이 가장 적절한 답일까? 천재형이다, 노력형이다, 천재 노력형이다? 다 맞을 수 있다. 물론 다 맞을 수 있다고 하면 답하기 쉽다. 그러나 그런 답엔 재미가 없다. 그런 의미에서 예수님의 모습을 살펴보기로 하자. 예수님은 천재이실 수는 있지만 그 천재성을 드러내시기보다는 노력을 택하여 사신 분이라고 이야기하고 싶다. 그 이유는 이미 12살 때 예루살렘에 부모님 그리고 마을 사람들과 함께 올라갔다 돌아오는 길에, 회당에 혼자 남아 율법학자들이나 원로들과 토론을 벌이셨기 때문이다. 이러한 일들은 무엇을 의미하는 것일까? 그것은 이미 예수님은 천재성을 지니고 계셨음을 명증한 것이다. 그러나 예수님의 또 다른 모습을 보자. 당신의 능력이나 천재성으로 보아 세례를 받지 않아도 되셨음에도 불구하고, 그분은 스스로 요르단 강에 나아가 세례자 요한으로부터 세례를 받으셨다. 이것은 예수님이 철저한 준비를 통한 노력형의 사람이셨다는 것을 분명하게 한 것이라고 보여진다.

예수님은 공생활에 들어가서서도 빈틈을 주지 않으셨다. 하루 종일 가르치시고, 다니시고, 치유하시고, 기적을 행하시는 그런 바쁜 일과 속에서도 끊임없이 기도를 하셨다. 특히 늦은 밤까지 기도하시는 예수님의 모습을 볼 때 어찌 노력형의 사람이라고 아니할 수 있을까. 예수님은 하느님 아버지와 대화를 하지 않고는 사실 수 없는 분이셨기에 어쩔 수 없지 않았느냐고 따져 묻는다면 할 말은 없으나, 어떻든지간에 예수님은 당신의 주어진 시간을 헛되이 보내지 않으셨다는 것을 봐서도 대단한 노력가이셨음이 분명하다.

이런 사실들이 우리가 왜 노력형이어야 하는지를 대변한다. 천재가 노력을 하면 그 사람 안에선 큰 변화가 일어날 것이다. 즉 초월적인 차원에까지 몰입할 수 있으며 예수님처럼 기적 안으로 들어갈 수 있을 것이다. 천재가 아니라면 노력형이 되지 않고서는 자신을 크게 변화시킬 별다른 방법이 없다는 것도 인지해야 할 것이다. 둔재가 노력을 하면 하늘이 감동을 받아 게으른 천재보다 몇 배의 능률을 올릴 것이라는 건 두말할 필요도 없다.

〈톰 아저씨의 오두막〉을 쓴 미국의 여류작가, 해리엇 비처 스토는 천재를 이렇게 노래했다. "내가 아는 한 책이든, 문학 작품이든, 예술 작품이든, 어느 것 하나도 창조자의 고뇌 없이 세계적 명성을 얻은 것은 없다. 부지런함이 천재를 만든다. 그러므로 천재가 되려면 반드시 부지런해야 한다."

성공하고 기쁨을 얻으려는 사람들이여, 감나무 밑에서 감 떨어지길 바라지 말고 장대를 준비하거나 감나무 위에 올라가 맛있는 감을 따먹는 것이 옳지 않겠는가? 예수님께서는 노력하시지 않아도 천하를 다 얻으실 수 있는 능력이 있음에도 불구하고 피나는 노력을 하셨는데 나는 뭘 노력했나 보자. 뭐가 잘 안 됨을 탓하기 이전에 얼마나 노력했고, 또 그 노력이 이뤄지길 얼마만큼 하느님께 청했는가를 보자.

결국, 재능이란 결코 천재성이 만들어 내는 것이 아님을 알 수 있다. 그렇다면 우린 무엇을 신뢰해야 하는가? 내가 얼마만큼 큰 노력을 하고 그것을 지속할 수 있느냐, 그리고 그 안에 그 노력만큼의 기도가 있었는가를 봐야 한다. 예수님도 낮엔 그렇게 열심히 일하시면서도 저녁에는 타인의 추종을 허용하지 않으시려는 듯 하느님 아버지와의 대화를 아주 깊게 하셨다. 노력이 맺은 결실은 천재가 맺은 결실보다 더 크다는 것을 예수님의 정성을 보며 더 진하게 느끼게 된다. 노력은 천재의 게으름을 반드시 능가한다는 것을 깨닫는다면 큰 기쁨이자 축복이고, 더 나아가 노력이 낳는 대가는 영원하다는 것을 노래하고 싶다. 뭔가 풀리지 않는 사람들이여, 이제 생각을 바꿔 보자. 노력이 세상을 넘으면 영원한 세계를 탄생시킨다는 것을 말이다.

분노 속에 남은 사랑

사람은 늘 화를 내는 것은 아니지만, 어쩌다 한 번씩 분노를 한다. 물론 화나 분노는 결코 좋은 것이 아니다. 그럼에도 불구하고 반드시 필요할 땐 화도 낼 줄 알아야 하고 분노도 표현할 줄 알아야 한다. 그렇다고 언제나 그래서는 안 된다. 화와 분노는 꼭 필요한 때에만 내야 한다. 그렇다면 예수님께서는 화를 한 번도 내시지 않았을까? 성서를 보면 예수님이 화를 내신 것을 알 수가 있다. 성전이 더 이상 성전이 아니고 인간이 더 이상 인간답지 않았기에, 예수님은 그들과 분명히 원수가 될 것을 아시면서도 화를 내며 분노 하셨다. 왜일까? 그것까지 참으면 당신 스스로 못 견디셨다기보다 세상이 더 이상 어딜 향해 가는지 가늠하기가 곤란하셨기 때문이다. 그러기에 예수님은 성전 정화 차원에서 성전에서 비둘기 파는 이들과 돈을 환전하는 이들을 다 들어엎으면서 분노하신 것이다. 그건 아버지 집이 더 이상 아버지 집이 아니라는 의식을 가진 사람들 때문이었을 것이다. 그렇다. 우리는 참을 수 있는 것이 있는가 하면 참아서는 안 되는 영역의 것도 있다. 예수님께서 확실하게 보여 주신 영역이다.

일본 사람들은 가문의 명예를 아주 중시한다. 얼마나 중시하는가? 좀 끔찍한 이야기를 해 보겠다. 어느 날 공원을 산책하는데 사람다리가 하나 있었다. 그것도 쓰레기통에. 그냥 누가 의족을 버렸나 했더니, 나보다 더 먼저 가던 사람이 소스라치게 놀란다. 기분이 나빠 돌아서 빠져 나오려는데 저쪽에서도 으악 하는 것이 아닌가? 그쪽엔 팔이 있었다. 다른 한 구석엔 입에 담을 수 없을 정도의 형태를 한 주검들이 공원에 흩뿌려져 있었고, 거기다가 까마귀가 많은 나라인지라 공원으로 몰려드는 까마귀떼들까지…… 참으로 스산하고 슬픈 그런 공원이었다. 집에 와 텔레비전을 켜니 가문의 분노를 이기지 못한 아들이 그런 식으로 화를 표현한 것이란다. 이유인즉 아버지를 모독하였기에 아들이 기회를 엿보다가 그 사람을 찾아 살해했고, 그것도 모자라 그 시신을 토막내어 공원에 뿌린 것이다. 얼마나 끔찍한 사건인가? 일본 사람들이 평소에는 상냥하고 참 친절하지만 화가 쌓이면 그것을 이렇게 표현한다. 이런 차원에서 본다면 우리 민족은 참으로 선한 민족이라 생각된다. 웬만하면 적당히 싸우고 타협하기에 그 정도는 아니라고 본다. 우린 참으로 자기 자신을 잘 다스릴 그런 영적 영역을 만들지 않으면 안 된다. 분노를 해도 상대를 사랑하는 구석이 있는 차원의 분노이어야지, 모든 것을 마감하는 그런 분노는 안 되는 것이다. 예수님도 그들을 다 미워하시지는 않았을 것이다. 그들의 모습이 참으로 변화되기를 원하셨을 것이다. 화를 내더라도 앞뒤를 살피는 마음이 있었으면 싶다.

　　고대 철학자 아리스토텔레스는 이렇게 이야기했다. "누구든지 분노할 수 있다. 그것은 매우 쉬운 일이다. 그러나 올바른 대상에게, 올바른 정도로, 올바른 시간 동안에, 올바른 목적으로, 올바른 방법으로 분노하는 것은 누구나 할 수 있는 일이 아니다. 또한 결코 쉬운 일이 아니다." 이 철학자의 이야기를 듣고 있노라면 예수님은 아주 정확하게 분노를 꿰뚫고 계신 분이라는 생각이 든다. 여기서 이야기하고자 하는 것은 화가 날 때마다 막 화를 내라는 것이 아니라 화를 쌓아 둘 필요는 없다는 것이다. 필요한 이익이 되는 차원에서 화를 통한 치유와 화해가 필요하다는 것이다. 좀 힘든 이야기긴 하지만 사랑이라는 것이 그 뿌리에 전제되지 않고는 어려운 이야기이다. 그래도 그렇게 하라고 말하고 싶다. 그 말은 바로 예수성심에서 나오는 것이요, 하느님의 분노에서만 그것이 가능할 것이다.

스트레스 전문의인 우종민 박사는 〈마음력〉이라는 책에서 분노가 생길 때마다 스스로에게 이 세 가지 질문을 던지라고 충고한다. "첫째, 이 상황이 내 건강과 바꿀 만큼 중요한가? 둘째, 이 분노가 정당하고 의로운가? 셋째, 화내는 것이 문제 해결에 효과적인 방법인가? 다른 대안은 없는가?" 화를 내는 사람이 이런 것들을 다 따지기는 어렵겠지만 그래도 화를 통해 낭패를 보지 않으려면, 아니 더 이상의 상처나 화를 입지 않으려면 지혜롭지 않고서는 안 된다는 말이다. 화를 친구로 남겨 둘 수는 없지만 늘 우리 곁에 함께 다니기에 다스릴 수 있는 능력을 키워야 하겠다. 그것이 지혜이자 사랑이다. 아니면 예수님처럼 어떤 놈이 덤벼도 다 이길 수 있는 능력이나 배짱 그것을 넘어 다 끌어안을 수 있는 사랑이 있든지 말이다.

옛날에 무속인들은 화병(火病)이나 온갖 정신적 질환을 앓는 사람들을 치유하기 위해 굿을 했다. 그들은 그 굿 속에 마귀나 화를 쫓거나 잡아넣거나 아니면 아예 죽여 버린다고 한다. 나는 어떤 방법을 택해서 지혜롭게 살아가고 있는가를 보라. 어디서 어떤 힘으로 그 화나 용서 못할 그 무엇들을 해결하고 있는가를 말이다. 우리는 무속인들보다 나은 삶을 살고 있지 않은가? 그리고 많은 해결책들을 다양한 의학이나 종교 안에서도 해결하고 있지 않은가? 이 모든 것들이 마음 안에 다 담겨 있다는 것을 알면 쉽게 해결책도 보일 것이다. 조용한 가운데 관(觀), 묵상 안에서 나의 마음과 그분의 마음을 접목시켜 보자.

미소

미소를 싫어하는 사람은 없을 것이다. 나는 누군가를 위해 웃어줄 수 있는 사람인가? 아니면 그냥 그런 사람인가? 내가 만약 누군가를 위해 웃어줄 수 있는 사람이라면, 이전에 그냥 그랬던 시절보다는 훨씬 낫거나 좋은 사람으로 변화할 수 있을 것이다. 웃는 것이 결코 돈드는 일도 아닌데 왜 웃지 않는 것일까? 사실 몰라서 그렇지 돈이 좀 드는 미소라 해도 우리는 웃어야 한다. 미소는 주는 만큼 반드시 돌아온다. 이런 차원에서 역시 예수님의 미소를 생각해 본다. 예수님은 미소가 많으셨던 것 같다. 화를 내시는 횟수가 거의 없었다면 그분은 분명 미소가 많으셨다는 것이다. 미소가 많으셨으니 예수님의 미소의 마음 속엔 여러 주머니가 있었을 것이다. 복을 빌어 주는 주머니, 기도를 해 주는 주머니, 치료를 해 주는 주머니, 가난한 이를 먹이는 주머니, 죽은 사람을 살리는 주머니까지 모두 가지고 계셨을 것이다. 그 중에 가장 으뜸인 주머니가 바로 웃음을 선사하는 주머니가 아니었겠는가 싶다. 그 웃음이 전제된 그 안에서 모든 것이 시작되었으리라 짐작해 본다. 그만큼 웃음은 모든 해결책의 첫 번째 주자라고 할 수 있음이다.

웃음에도 여러 종류가 있다. 어린아이의 천진난만한 웃음이 있는가 하면, 실없는 어른의 히죽거리는 웃음, 하늘을 향해 호령이라도 할 기세등등한 웃음도 있다. 또한 건방진 웃음이 있는가 하면, 예수님처럼 모든 것을 다 갖추고 있으면서도 겸손되고 점잖은 웃음도 있다. 나는 어떤 웃음을 가지고 있는지 한 번 보라. 웃음은 실없어 보여도 일단은 상대방을 기쁘게 하는 특별한 마력이 있기에 우선 웃고 보자. 특히 우울하거나 실패한 사람들 앞이라면 더더욱 실없어 보여도 웃어 주고 웃겨 주자. 그래서 그들에게 잊고 지냈던 웃음을 다시 찾아 주자. 그것이 바로 그 사람에게 잃었던 자신의 영역, 아니 하느님의 영역을 되살리게 하는 근원이 될 것이다. 그것이 바로 생명을 생명답게 만드는 근원 중의 하나이리라.

월리암 미첼이라는 사람은 미소를 이렇게 이야기했다.

"누군가에게 미소를 한 번 지어 주고
격려의 손길을 한 번 건네고
칭찬하는 말 한마디를 하는 것은
자신의 양동이에서 한 국자를 떠서
남에게 주는 것과 같다.
즉, 남의 양동이를 채워 주는 일이다.
희한한 것은 이렇게 퍼내 주고도
제 양동이는 조금도 줄지 않는다는 사실이다."

그렇다. 미소뿐만 아니라 나눔 자체는 사랑이기에 결코 마르지 않는다. 그러나 우리가 미소를 늘 유지하기는 참 만만치 않다. 그렇다면 내가 언제 많이 웃었고 언제 웃음을 잃었는지를 자세히 보라. 그리고 자신의 삶으로 되돌아가 보자. 만일 나에게 웃음이 사라졌다면 곰곰이 생각해 보라. 언제 나의 미소가 메말랐는가를, 분명히 여유로움이 실종된 그 순간부터였을 것이다. 잃어버린 미소를 찾는 것은 다시 하느님을 사랑하는 것이다. 왜냐하면 그분 안에 들어가면 다시 여유로움이 생겨 바로 미소를 되찾을 수 있기 때문이다. 그건 내가 하는 것이 아니라 그분이 만들어 주시는 것이다. 거짓말인가 의심스럽다면 지금 당장 해 보라. 해 보지도 않고, 뭐 어쩌고저쩌고 하지 말자. 하느님은 나에게 분명히 말씀하신다. 네가 미소를 잃지 않으려거든 그냥 있는 그대로 어린아이가 엄마 품에 안기듯이 그냥 하느님 품에 안기라고.

　　　나의 피안으로 돌아와 거울 앞에 서서 나의 미소를 본다. 우습다. 무엇이 나를 우습게 하는가? 좀 어색하고 부자연스러운 미소다. 왜일까? 있는 그대로의 모습대로 살았을 때 나는 정말 잘 웃었다. 가난한 이들과 함께 먹고 마시고 씻을 것을 걱정했던 그 시절의 웃음은 참으로 함박웃음이었다. 그러나 지금 거울 앞에 선 나는 뭔가에 찌들어 있는 모습이다. 그래도 다행인 것은 아직 미소의 뿌리가 그대로 남아 있다는 것이다. 그럼 어떻게 해야 다시 함박웃음을 웃을 수 있을까? 아마도 있는 그대로의 나를 되찾아야 가능할 것이다. 그분이 만들어 준 그대로의 내 모습과 지금의 나를 접목시킬 수 있는 그 순간, 나는 함박웃음을 웃을 수 있을 것이다. 거기에 더하여 미소가 있다면 세상이 다 기쁘고 감사할 것이다. 그렇게 되기를 하느님께 간절히 기도드린다.

기도의 쓴맛 뒤에 오는 단맛

누구든지 기도를 잘 하고 싶은 것은 당연한 일이리라. 그런데 기도를 하려고 앉기만 하면 번민과 유혹, 그리고 왜 잠은 그렇게 쏟아지는지! 하느님은 어찌하여 당신과 당신의 백성들을 위해 기도하길 원하시면서 사람들의 체계를 이렇게 복잡하게 만드셔서 집중에 어려움을 주셨을까? 그것도 궁금하다. 허나 곰곰이 생각해 보자. 하느님이 정말 우릴 그렇게 복잡하게 만드셨을까? 절대로 그렇지 않다. 우리 스스로가 시간과 공간 안에서 그렇게 형성되어져 간 것이다. 아니 스스로 그렇게 만들어지게 나를 방치한 것이다. 이 시점에서 중요한 것은 그걸 원망하는 것이 아니라 어떻게 하면 고칠 수 있을까 고민하는 것이다.

이런 차원에서 기도가 어렵다고 생각하고 실제로 내게 호소하는 분들을 위해 간략하게 안내를 하고자 한다. 우선 기도를 하려면 먼저 자신을 비워야 한다. 비우지 않는 한 절대로 순수한 자신을 맞을 수가 없다. 물론 그 복잡한 일상이 하루아침에 정리될 수 있는 것은 아니겠지만, 그럼에도 불구하고 우린 끊임없이 내 자신을 단순화시키지 않으면 안 된다. 스스로 그 작업을 하지 않는 한 하느님은 그 사람에게 어떤 은총도 내리시기가 힘듦을 깨닫자. 하느님은 우리에게 은총을 내리고 계신데 방해하는 자들이 그 은총을 중간에서 가로채 가기도 한다. 그러므로 기도를 제대로 하거나 깊은 차원의 기도를 원한다면 있는 것을 과감하게 버려라. 빈자의 마음으로 가 보라. 그때 비로소 기도의 틀이 나올 것이다.

일본의 영성가이신 오쿠므라 이치로는 이렇게 말했다. "기도는 하느님에 대한 생각으로 머리를 피곤하게 만드는 것이 아니라, 하느님 안에서 마음을 쉬게 하는 것이다." 그렇다고 기도 속에 생활의 번민이 들어가지 않는다는 것은 아니다. 이 세상에 있는 한 번민이 없을 수는 없다. 기도할 때야말로 더욱 번민이 밀려오기도 한다. 그래서 기도가 잡념으로 흐르고 기도를 하는 것인지 번민에 사로잡힌 것인지 분간하기 어려운 경우도 있다. 이때 번민에게 지고 말면 그 사람은 기도에 실패한 사람이다. 그러나 그 번민을 넘으면 반드시 새로운 장이 펼쳐짐을 알아야 한다. 그것을 체험한 자만이 번민이 기도의 시작이요, 진수의 터널로 인도하는 길이라는 것을 알게 될 것이다.

예수님이 왜 번민에 쌓이셨는가를 기억해 보라. 대사(大事)나 초월적 경지에 나아가는 데는 반드시 치러야 할 통과제의가 있는 것이고 고통, 슬픔, 괴로움, 번민, 무료함 등도 다 기도를 위해 약이 됨을 기억해야 한다. 기도할 때 잠이 오는 것 또한 당연한 일이다. 다만 그것을 얼마나 잘 달랠 것인지, 물리칠 것인지, 아니면 더 나아가 잠과 담판을 지어서 아예 없애 버리든지 할 문제이다. 이렇게 해서 다 해결이 되면 좋은데 그게 아닌 것이 문제이다. 왜냐하면 사람은 사람의 모습을 지닐 때 아름답기 때문이다. 사람이 신의 경지에 이르면 하느님은 더 이상 그 사람을 이 세상에 두지 않으신다. 그러므로 너무 번민과 잠에 마음을 빼앗기지 마라. 그것을 다 평정한다면 더 좋은 것은 없지만, 그것은 결코 하루아침에 이뤄지는 것이 아니기에 시간을 두고 수련 속에서 변화되기를 기다려야 한다. 그러는 가운데 서서히 번민과 무료함과 고난의 시간은 가고, 그 자리에 평화와 사랑과 기쁨이 찾아들 것이다. 잠 또한 그렇다. 잠에 익숙하다 보면 잠과 친구가 된다. 친구가 되다 보면 절대로 쿨쿨거리며 자질 못한다. 자는 것인지, 기도하는 것인지, 잘 구분이 안 되는 그런 상태가 올 것이다. 그것을 일컬어 가수면 상태라고 한다. 그런 상태가 오는 것도 험난한 폭풍우가 지나고 진정한 기도로 들어가는 모습이니 그것을 제대로 보라. 그리고 근심을 버려라. 고요와 정심(正心)에 이를 때까지 다 버리고 기다려라. 그것을 구하는 사람에겐 하느님께서 반드시 길을 안내해 주실 것이다. 굳게 믿고 주님께 기도드리자.

일상 삶에 대한 감사

이번 한 주는 참 힘겨운 한 주였다. 긴 한가위 연휴이었기에 반은 길에서 보내고 반은 시집과 친정을 오가며 즐거워하는 가운데 서운함도 있었을 것이고, 보람이 있는 가운데 잃어버린 것도 나름대로 있지 않았겠는가 싶다. 그러나 이젠 다 잊어라. 왜냐하면 일상이 있기에, 또 살맛나는 그런 시간이 있으니 말이다.

수도자들도 시집과 친정이 있을까? 물론 엄격하게 말한다면 없다 할 수도 있지만 사람 살아가기는 서로 매한가지이기에, 뉘앙스는 좀 달라도 구본가가 친정이고 현재 살고 있는 수도원이 시집이 아니겠는가? 긴 명절이었기에 강가에 나가 보기도 하고 하루는 산에 올라 보기도 했다. 내심 시집과 친정에 가느라 산과 강가는 한적하리라 생각했지만, 다들 나와 같은 수도자들의 심정이었을까? 꽤나 많은 사람들이 산과 강가에서 운동과 등산을 하고 있는 것이 아닌가? 어찌 보면 이젠 더 이상 시골을 고향이라 찾는 이들이 그다지 많지 않을지도 모른다. 그럼에도 불구하고 명절이 오면 오랜 시간의 휴식이 있어서인가 일상과 같지 않음은 무엇 때문일까? 뭔가 고향을 가지 않아도 고향을 찾아 나서는 혹은 아주 먼 고향을 찾아가는 연습을 하는 시간인지도 모르겠다. 즉 하느님 품으로 마지막 여행을 하는 그런 시간인지도 모른다는 말이다. 일상이 아니었던 시간으로부터 어떻든 정리를 잘하자. 그래야만 다시금 일상으로 푹 빠져들 수 있으니까.

일이 손에 익숙하지 않으면 잠시 잠심(潛心)에 잠겨 보라. 그리고 '예수님은 이럴 때 어떤 마음으로 다시 일상으로 돌아오셨을까?' 하고 생각해 보라. 그러면 답이 나오지 않겠는가? 늘 기도하던 분들은 다시금 자리를 잡고 앉아 보라. 그럼 다시금 큰 혼란 없이 일상의 삶으로 몰입할 수 있으리라. 그리고 감사하라, 일상의 삶이 있음을. 혹시 일상의 삶이 어디 있어 하는 사람들도 있을지 모르겠다. 그러나 자기가 살아가는 삶이 바로 일상의 삶인 것이다. 그것이 좀 불안전하고 불확실하다 해도 그것이 자신에게 주어진 일상의 삶인 것이다. 그것을 부정하면 부정하는 그만큼 일상은 불안전하게 될 것이다. 그러나 그것을 인정하고 자신의 일상의 삶이 향상되기를 기도하는 순간에 자신의 삶의 질은 다시금 거듭나게 되는 것이다. 적어도 예수님은 늘 그런 마음으로 살아가길 원하셨으리라 보여진다.

다시금 예수님의 삶으로 들어가 보자. 그분은 분명 일상과 특별한 시간을 구분하지 않고 사셨다. 그래서 그분이 대단하다는 것이 아니라, 어느 한 구석에도 자신의 마음을 빼앗기지 않으셨기에 대단하다는 것이다. 뭐 삶이 그래 할 수 있겠지만 일상의 삶과 특별한 삶을 그냥 뛰어넘어 사시는 분들은 그리 많지 않다. 예수님의 일상 삶을 깊게 묵상하며 다시금 내 일상의 삶 안에서 더 그윽한 맛이 우러나게 하자. 난(蘭) 한두 송이가 그 향기로 일상의 공간을 그윽하게 만들 듯이 말이다. 그리고 내 일상의 삶에 감사하는 일도 잊지 말자.

즐겨라

즐기라고 하니 그냥 맥 놓고 놀라는 것으로 받아들인다면 그것은 오산이다. 즐기는 것에도 단수가 있는 법, 무엇을 어떻게 즐길 것인가에 대해서도 깊게 생각할 줄 알아야 한다. 즉 어떤 놀이 상태에 들어갔을 때만 즐기는 것이 아니라 현실의 일 안에서도 즐길 수 있어야 한다는 말이다. 바로 그런 사람이야말로 멋있게 인생을 사는 것이리라.

일상에서 가장 잘 즐기는 사람은 자기에게 주어진 시간을 잘 활용하고 그 가운데서 큰 기쁨을 찾는 사람이다. 이런 차원에서 본다면 조화로운 삶이 필요하다는 뜻인데, 그 이유는 즐길 수 있기 위해선 균형 있는 삶이 필요하기 때문이다. 어떤 한 쪽으로 편중하는 것은 기쁨이 있다 해도 올바른 기쁨이 아니리라. 그러기에 우린 일과 기도와 운동을 조화롭게 하는 가운데 그 안에서 참기쁨을 얻어야 함이 옳을 것이다.

현대인들은 균형 있는 삶을 사는 것이 쉽지 않다. 좋아할 수 있는 영역이 너무 많기에 그것에 현혹되면 종종 망조가 드는 경우가 있기에 하는 말이다. 요즘은 어른, 아이 할 것 없이 균형을 깨는 것이 있는데 그것이 바로 컴퓨터에 매달리는 일이다. 처음의 의도와는 달리 하루에 8시간 이상을 앉아 있다 보면 중독이 되기 쉽상인데, 그 사람은 이미 컴퓨터의 노예가 되어 버린 상태나 다름없다. 그렇다면 아무리 재미있는 게임을 하고 있다 해도 그것은 결코 즐거움이 될 수 없다. 우리가 참다운 즐거움을 원한다면 균형잡힌 삶을 추구하려고 무진 애를 써야 할 것이다.

공자는 즐거움에 대하여 이렇게 말씀 하셨다. '아는 것은 좋아하는 것만 못하며, 좋아하는 것은 즐기는 것만 못하다(知之者不如好之者 好之者 不如樂之者).' 즐기는 것의 소중함을 깨우치게 하는 공자의 좋은 말씀이다.

우리 삶 안에는 다 순서가 있다. 그것을 단계라고 명하는 것이 더 옳을 듯하다. 앎이 있어야 좋아함이 더해지는 것이고 그 위에 즐거움을 찾을 수 있을 것이다. 그런데 앎 자체가 없다면 좋아함과 즐거움을 찾기란 참으로 어려울 것이므로, 앎 자체부터 즐거움이 되도록 해야 하지 않겠는가 싶다. 이를테면 공부, 기도, 일 모두 즐길 줄 아는 단계에 들어가야 능률이 배가될 뿐만 아니라 그 안에서 나오는 기쁨과 즐거움 또한 타의 추종을 불허할 것이기 때문이다.

취미가 독서인 사람은 많지만, 취미가 공부인 사람은 그리 많지 않다. 그래도 공부가 취미인 사람들이 있다. 이건 뭘 말하는가? 공부를 즐긴다는 것이다. 공부가 취미인데 어찌 공부하는 것이 즐겁지 않겠는가. 기도가 취미인 사람도 있다. 치유 또한 마찬가지이다. 공부면 공부, 기도면 기도, 운동이면 운동 어떤 것에 있어서도 거부감이 아닌 기쁨과 즐거움이 올 때 그 사람은 제대로 세상을 관조하며 사는 사람이라고 할 수 있을 것이다. 공자께서 '지지자불여호지자 호지자 불여락지자(知之者不如好之者 好之者 不如樂之者)'라고 이렇게 말씀 하신 것은 참으로 멋진 말씀이다. 그런데 예수님은 말씀뿐만 아니라 실제로 그렇게 사셨다. 적어도 기도와 강의, 그리고 치유와 기적 안에 서 예수님은 참기쁨과 즐거움을 사셨다. 그렇기에 우린 공자도 좋아 하고 예수님과 함께 좋아함을 넘어 기뻐할 수 있는 것이 아니겠는가?

우리 가운데 참으로 기도의 대가로서 안내자가 되기를 원한다 면 또한 일의 달인이 되길 원한다면, 스스로 앎과 기쁨과 즐거움을 조 화시킬 수 있는 사람으로 거듭나야 할 것이다.

사랑 속의 사랑

사랑이란 말은 참으로 좋은 말이다. 그런데 사랑은 말보다 행동이 뒤따라야 그 안에 참사랑이 현현된다고 할 수 있다. 이를테면 예수님이 우리의 스승이며 아버지 역할을 할 수 있었던 까닭은 바로 세상을 향해 할 수 있는 사랑을 말뿐만 아니라 몸소 보여 주셨기에 가능했던 것처럼 말이다.

부부간의 사랑을 이야기하면 신부(新婦가 아니라 神父)가 웃긴다 하겠지만, 들은 것을 종합해서 이야길 한다면 사정은 달라질 것이다. 이런 차원에서만 봐도 사랑은 말이 아니라 행동 안에서 모든 것이 드러나는 것이라고 할 수 있겠다. 사랑이라 하면 이런 것이 아니겠는가 싶다. 청춘에 가슴이 콩닥거려 만나 장미 다발 세례를 한 뒤 멋지게 결혼에 골인하여 사랑을 나누고, 자신들을 반반씩 꼭 닮은 아이들 두어 명 낳아 기르고 황혼에는 부부가 두 손 꼭 잡으며 산책도 하고 함께 모든 것을 나누는 것! 그리고 석양의 지는 해를 가슴에 담고 이 세상과 이별할 때, "그래요 당신이 있어 참 이 세상에서의 삶이 아름다웠어요. 다시 태어난다 해도 난 당신을 꼭 선택할 거예요."라고 서로에게 이야기해 줄 수 있는 삶. 그런 삶을 산 사람이야말로 참사랑을 산 사람이라 할 수 있지 않을까? 황혼에 이런 고백을 할 수 있다는 것은 평소에 늘 마음이 통했거나 아니면 자주 속 깊은 대화를 했다는 것이리라. 그런 것 없이는 아마 이런 마지막 고백이 쉽지 않을 것이다.

우리네 수도자들의 삶도 잘 살고 못 사는 것은 다 똑같다. 어떤 수도자는 죽는 시간까지 정확하게 알아 자신을 깨끗하게 정리하고, 기가 다 소진하여 거동은 어렵지만 정신은 맑기에 원장신부에게 미사를 청하고 영성체를 한 뒤 조용히 눈을 감으니 그 길이 바로 천국이 아니었으랴. 성함을 밝히진 않겠지만 암으로 고생하신 분이시다. 그러나 주사 한 대는커녕 진찰 후, "암 이래지…… 아버지께서 오라시니 얼른 가야지." 하신 분이셨다. 이런 분이 계신가 하면 황혼녘에 이 세상의 삶이 그렇게 아름답지도 않은데, 온갖 의술에 의존하여 사는 것을 보면 참 그렇다. 물론 삶을 내 스스로 결정내릴 수 있는 것은 아니기에 참 힘들기는 하기에, 온전한 몸과 정신이 있을 때 나를 온전히 봉헌하는 삶을 살 필요가 있다. 내가 존경하던 한 수도자는 장수하시어 백수를 다 누리셨다. 그리고 말년에 자리에 누우셔서 5일 동안 곡기를 끊으시고 기도하시는 가운데 아버지 품으로 가셨다. 참 수도자였다고 보여진다. 나도 그렇게 되길 늘 기도하며 산다. 이런 영역은 수도자가 하느님 아버지와 맺어 가며 삶 안에서 엮어 가는 사랑이다.

이유야 어떻든지 간에 인간은 하느님 품으로부터 왔다가 다시 하느님 품으로 간다. 그 여행이 길어야 백여 년이다. 길다면 길고 짧다면 짧은 그 시간 안에서 가정을 가지든 수도생활을 하든, 그 안에 어떤 사랑의 양식이 있긴 있어야 하겠다. 그 가운데에서도 중요한 것은 어떤 사랑을 하느냐인데, 언어와 같은 유희의 사랑이 아니라 몸에

서 배어나는 그런 사랑이 필요하다는 것이다. 사랑의 과정을 살펴보
면 다음과 같다.

첫째는 하느님과 맺는 사랑이다. 이 사랑은 무와 허와 공의 사랑이다.

둘째는 부모와 자식 간에 맺어지는 사랑이며, 혈과 육과 정과 끈끈함
의 사랑이다.

셋째는 친구 간에 나누는 의리의 사랑으로서 경쟁과 우정과 협력 안에
서의 사랑이다.

넷째는 이성과의 열렬한 사랑이며, 정신없는 사랑의 시간일 수도 있
다.

다섯째는 부모가 나눠 주신 사랑으로 인간적인 회귀이며, 둘이 하나가
되는 사랑이다.

여섯째는 인간의 한계 안에서 사랑을 나누는 가운데 일시적인 갈라짐
을 맛보는 사랑이다.

일곱째는 다시 영원한 사랑으로서 영적인 회귀를 함으로써 모두가 하
나가 되는 사랑이다.

이러한 과정을 잘 마감하는 사람이 참사랑이 무엇인지를 제대
로 맛보고 산 사람이라고 할 수 있을 것이다. 싱겁긴 하지만 허허 웃
으며 난 그래도 그렇게 살았는데 하면, 잘은 몰라도 하느님 아버지께
서도 웃으시며 즐겁게 맞아 주실 것이다. 사람들과의 사랑을 넘어 하
느님과 함께 사랑을 나눔이 바로 사랑 속의 사랑이다.

상처와 씻김

　　상처. 듣기만 해도 겁나고 피해 가고 싶고 나에겐 오지 않았으면 하는 단어 중의 하나이다. 그러나 이 세상에 두 발을 디디고 사는 이상, 상처는 언제 어디서 어떻게 발생할지 예측할 수 없는 녀석이기에 더 두려운 것인지도 모른다. 상처는 피할 수 있는 것이 아니라는 것, 그렇다면 상처를 앞에 두고 우리가 해야 할 과제는 불 보듯 뻔히 답이 나온다. 상처는 언제나 있는 것이기에 그 상처를 피할 수 없다면 그대로 받아들일 수 있어야 하고, 때론 그 녀석과 친구가 되어야 한다는 결론에 도달한다. 그럼 어떤 방법으로 친구가 되어야 할까? 먼저 상처에 대해 정확히 아는 것이 중요할 것이다.

　　상처란 무엇인가? '피해를 입은 자리'를 일컬어 상처라 한다. 상처는 관계 안에서 발생되고 또 그 관계가 일방적일 수 없기에, 어떤 이유든 서로의 만남에 의해서 이뤄진다. 즉 그 만남 안에서 뭔가가 있었기에 상처를 만들어 낸 것이다. 그러므로 우리는 관계가 좋으면 한없이 기쁨이 찾아드나 조금이라도 관계에 틈이 생기면 불화나 불협화음이 일어나고, 그 안에서 상처라는 녀석이 고개를 들게 되는 것이다. 그로 인해 관계는 악화되고, 그 산물로 주어지는 것이 바로 상처인 것이다.

우리는 삶을 살아가면서 관계를 잘 가꿔 나가야 한다. 관계를 위해 사랑과 정성, 그리고 노력을 기울이지 않고 좋은 관계를 맺기 원한다면, 그건 노력하지 않고 결실을 거두려는 농부와 마찬가지일 것이다. 관계라는 나무에 물과 거름을 주고, 그 안에 하느님의 적정한 안배인 빛, 열, 습기, 적절한 온도, 그리고 하느님의 사랑이 더해질 때, 관계라는 나무에 싱싱하고 맛있는 과일들이 다양하게 결실을 맺을 것이다.

상처의 출처는 어디인가? 순리를 벗어나는 것, 자연을 거슬러 오르는 것, 하느님의 길에서 이탈하는 것, 벗을 배반하는 것 등에서 발생될 것이다. 중요한 것은 이런 개념들을 다 알면서도 어느 순간 그런 상태를 쉽게 만들기도 한다는 것이다. 그보다 더 큰 문제는 그런 상황을 만들었다면 재빨리 그것에 대한 대안 내지는 대책을 마련해서 본래의 모습으로 돌리려 노력해야 하는데 그렇게 하지 못할 때이다. 그것에 대한 대처가 늦을 때 상처라는 녀석은 그 틈을 기다려 주지 않기에, 상처는 아픔으로 들어와 관계를 엉망으로 만들어 놓고 어느 틈엔가 사라져 버린다. 그러므로 상처라는 녀석이 곁에 왔다 싶으면 그 녀석을 그대로 끌어안던가 아니면 문제가 발생하기 전에 멀리 보내야 한다.

그렇다면 상처는 몽땅 나쁜 녀석인가? 나쁜 녀석이라 말하는 것이 옳을 것이나 다 나쁜 것만은 아니다. 상처를 좋아할 사람이 어디 있겠는가만은 꼭 와야 할 상대라면 오라고 해서 그 상처가 영원한 상처가 아닌 영광으로 변화될 수 있도록 해야 할 것이다. 그런 차원에서 상처를 깊게 보기로 하자. 상처도 잘 치유하면 새살 속에 기쁨이 있듯이, 서로가 이해하고 치유를 위해 노력한다면 그 가운데 그 이상의 은총도 함께 작용하게 될 것이다. 그리고 그 상처의 은총 속에 깨달음을 통한 내적 자유가 찾아듦 또한 잊어서는 안 될 것이다.

예수님이 그 대표적인 본보기가 되실 것이다. 예수님의 생애를 보면 얼마나 좋은 일들을 세상을 향해 나의 이웃을 향해 많이 하셨는가? 그럼에도 불구하고 세상은 예수님에게 엄청난 상처를 입혔다. 그러나 거기에 대해 누구 하나 제대로 사과하는 녀석이 없었다. 그럼에도 예수님은 그 상처를 아버지의 사랑으로 다 씻으시고, 세상을 다시 다 끌어안으시는 가운데 스스로 상처를 치유하셨다. 여기서의 상처는 자신에 대한 상처가 아니라 세상 사람들 간의 상처를 다 씻으셨다는 의미이다. 그러므로 누구든지 어떤 이유에서든지 자신에게 엄청난 상처를 주거나 받았어도 그 이유를 묻지 않을 수 있다면, 그냥 예수님께 가서 여쭤 보라. "예수님 당신은 어떻게 그 큰 상처들을 다 용서하고 씻으실 수 있었나요?" 하고 말이다. 그러면 그분은 답을 주시기 전에 마음을 다 감싸 보듬어 주시는 가운데, 어떤 것이 용서이고 치유인지 따뜻하게 가르쳐 주실 것이다.

행복

사람은 누구나 행복하길 원한다. 그러나 행복하길 원하면서도 그 노력은 게을리하는 경우가 다반사이다. 그럼 행복이란 무엇이고 어떻게 해야만 행복한 삶을 살 수 있을까 생각해 보자. 행복은 피와 땀의 결정체를 말하는데, 예수님은 이렇게 말씀하셨다. "나는 길이요 진리요 생명이다."(요한 14, 6) 이는 우리에게 당신의 말씀 안으로 들어오라는 의미이다. 당신 안에 진리의 길이 있고, 그 진리의 길을 제대로 걷다 보면 생명을 얻는다는 말씀이다. 그렇다면 여기서의 생명은 무엇을 의미하는가? 영원한 생명을 의미한다. 내가 참으로 그분을 알기를 원한다면 그분의 길에 들어서는 것은 너무나 당연한 일이고, 그분처럼 진리를 위해 살아야 하는 것이다. 그 안에서 그분의 나라인 영원한 생명의 나라를 향해 매진해야 하는 것이다.

실천적인 삶 안에서의 행복을 한 번 논해 보자. 우리가 행복해지려면 당연히 정통의 길을 가야 하고, 그 정통의 길이라고 정의되어진 그 차원에서 한 단계를 넘어가는 시점에 도달하면, '아! 이것이야말로 행복이구나' 하고 터져 나오는 함성이 있을 것이다. 그것이 나름대로의 온전한 행복이라고 말하고 싶다.

공부하는 사람의 입장에서의 행복은 어떤 것일까? 자기만족일 것이다. 공부를 통한 자기만족, 그렇다면 그것은 어떤 차원에서 이루어질까? 아무리 공부를 잘하는 사람도 시험 앞에선 긴장하게 마련이다. 그러나 모든 것을 다 정리하고, 암기할 것 다 하고, 그것 안에서 응용까지 다 마쳐 간다면 자기도 모르는 사이에 콧노래가 나오지 않겠는가. 그러면서 '아! 이것이야' 하는 순간, 행복을 느끼게 될 것이다. 이것이 면학이 주는 행복이다. 이런 사람은 '당신의 취미가 뭔가요?' 라는 질문에 서슴없이 공부라고 대답할 수 있을 것이다. 사람들은 어떻게 공부가 취미가 되느냐고 반문할 수 있겠지만, 실제로 공부가 취미가 되는 사람은 공부를 통해 행복을 얻기에 충분히 가능한 일이다.

일 안에서의 행복이란 무엇일까? 특히 뭔가 일상과 차별화될 수 있는 일을 통한 행복에는 어떤 것이 있을까? 이 부분을 이야기할 때는 많이 조심스러워진다. 왜냐하면 요즘 일벌레라는 것이 그렇게 좋은 인식도 얻지 못할 뿐더러 오히려 일 외에 다른 것들과 조화를 이루며 사는 사람이 칭찬받는 사회이기 때문이다. 그러나 일에서 행복을 추구하고자 한다면 이 영역 또한 자신만의 독특한 영역이 있어야 한다. 두 마리의 토끼를 다 잡을 수 있으면 좋겠지만, 현실적으로는 쉽지 않다. 그렇다면 하나라도 제대로 하는 것이 옳을 것이다. 하나라도 제대로 하는 사람이라면 반드시 자신도 행복할 수 있고, 가족이나 주위의 사람들 또한 행복하게 만들 수 있다고 생각된다. 밤을 새워 작업을 하고 그 작업의 결과가 자신을 흡족하게 만들며 거기에 덧붙여 최고의 평까지 받을 때, 우린 행복하지 말라고 해도 행복해질 수밖에 없다. 이것이 일이 주는 행복이 아니고 무엇이겠는가.

기도를 통한 행복은 어떤 것을 의미할까? 기도를 통해 행복함을 얻는 사람들은 참으로 행복한 사람들이라 말하지 않을 수 없다. 기도 안에서 행복을 얻다 보면 쉬는 것도 잊어버리고, 다음 기도에서 하느님께서 나에게 어떤 선물을 보여 주실지 먼저 기대하는 마음을 가지게 될 수도 있다. 아마 기도를 통해 행복을 얻는 단계에 나아가려면 기도가 의무가 아니라 행복을 여는 관문이라는 것을 깨닫기에, 늘 기도의 자리에 나아가 앉기를 밥 먹듯이 할 수 있는 사람이어야 할 것이다. 주님은 밥 먹을 시간은 없으셨어도 기도할 시간은 늘 가지고 계셨다. 이제 우리도 삶 안에서 진리도 실현하고 영원한 생명의 길에 나아갈 수 있음을 깨달아 보자. 기도 안에서 그 깨달음을 얻는 그 순간이 바로 인간이 맛보는 행복 중 가장 큰 행복이 아닐까 싶다.

행복을 찾는 많은 사람들이여! 너무 이곳저곳을 넘나들며 행복이 있는 곳이 어딘지 찾아 헤매지 마십시오. 행복은 바로 당신 옆도 아닌 바로 당신 안에 있습니다. 행복은 발이 달려 돌아다니는 것도 아니며, 날개가 달려 있어 시공을 초월하는 천사도 아니랍니다. 행복은 잡으려고 애쓰는 자리에서 노력하는 사람에게 주어지는 하느님의 은총이랍니다.

회심과 은총

사순 시기에 인간 삶의 방법을 보면 참 재미있기도 하고 서글프기도 하다. 잘사는 이에겐 담백한 재미가 있는가 하면 그렇지 못한 사람에겐 서글프다 못해 한이 될 수도 있으니 말이다. 그래도 각자 속으로 들어가 보면 자신의 잘못된 인생 습관이나 악습, 역으로 '아! 이래서 나야' 하는 그런 뭔가가 있는 것이다. 그래 첫 단추를 잘 채워야 하는 것이고, 그냥 막 살아가는 것이 아니라 그분께 물어 가며 하나하나를 계획하고 살아가야 하는 이유인 것이다.

크게 사람을 두 유형으로 보면, 준비형(準備形)과 막형(막가파)이 있다. 준비형은 적어도 나름대로 하느님과 관계를 잘 맺으며 나아가는 사람이다. 기도, 양심 성찰, 자신의 의무, 등…… 그것도 모자란다 싶으면 피정도 스스로 찾아가서 챙기는 그런 사람일 것이다. 이런 유형의 경우 나름대로 하느님 앞에서 자신을 잘 설계하며 살아간다.

역으로 막형은 하느님과의 관계가 일정치 않아서이기도 하겠지만, 늘 뭔가가 앞에 왕창 쌓여 있다. 기도, 양심 성찰, 자신의 할 일 등…… 늘 밀려 있다. 그러니 마귀란 녀석이 얼마나 좋아할까. 이렇게 허접한 구석이 많은데 마귀가 그곳에 들어가 놀기란 식은 죽 먹기 아니겠는가. 나를 보자. 나야말로 막형의 삶을 살기 때문에 나의 삶의 터전을 마귀의 놀이터로 내주고 있는 것은 아닌지 살펴보자.

우리는 사순절에 들어와 있고, 사순절에 들기 싫어도 들어야 할 몇 가지 사항들이 있다. 기도하여라! 회심하여라! 나눠 주어라! 더 많은 것들을 하면 좋겠지만 요즘 같이 바쁜 세상에 더 하라 하면 도망칠까 싶어 이 정도로 하는 것이 적절하지 않을까 싶다. 적어도 이 세 가지를 제대로 하려면 40일이라는 기간 동안이나마 계획이 필요할 것이다. 그러니 나름대로 계획들을 세우며 사순을 의미 있게 산다면 은총의 사순이 될 것이고, 이도 저도 안 된다면 막말로 하늘로부터 떨어지는 콩고물 하나도 받지 못할 것은 뻔한 것이 아니겠는가.

어떤 형제가 사순 40일을 놓고 기도를 했더니, 하느님께서 "네가 누군지 제대로 알기를 원하느냐?" 하시기에 그렇다고 답하자, "그러면 평생 삶 중에 무엇이 잘못 되었는지를 봐라."라고 하셨다고 한다. 그래서 니네베 사람들이 회심하는 모습으로 하느님께 엎드려 기도를 올렸더니, "지금부터 내가 하라는 대로 하라. 펜을 꺼내 적어 보아라." 하시고, 이에 형제님이 단숨에 적어 내려간 내용을 보니, 40조항이었다고 한다. 그래서 40일이니 이제부터 하루에 하나씩 기도 안에서 회심하도록 하라고 하신 주님의 말씀에 40일을 거룩하게 회심하고 나니, 부활날 참으로 부활하듯이 그렇게 마음이 편안하고 자유로울 수가 없었다고 한다.

형제님이 그러는 사이에 자매님도 질세라 기도를 올렸다고 한다. 그래도 형제님보다 속이 깨끗했던지, "그래 넌 40일 동안 하루에 한 번씩 자선을 행하여라. 그러면 너의 마음이 동녘의 태양만큼이나 밝아질 것이니라." 하셨다고 한다.

기도 안에서 약속받은 40일인지라 부부는 정성을 다하여 회심하고 자선을 행하였다고 한다. 물론 쉽게 이뤄진 것은 아니었으리라. 형제님의 경우 저녁 퇴근길에 친구들의 유혹을 뿌리치는 일이 참새가 방앗간을 그냥 지나치는 일처럼 결코 쉬운 것은 아니었을 것이다. 그래도 하느님과의 약속인 만큼 어금니를 꽉 깨물어 가며 이겨 냈단다.

여기서 중요한 것은 기도, 즉 회심은 남의 것이 되어서는 안 된다는 것이다. 남이 아니라 자신에 의해서 행해져야 한다는 의미이다. 어떻게 자신의 속을 남이 알 것이며 그것을 어떻게 남이 도와줄 수 있다는 말인가. 속의 것은 자신과 하느님만이 아시기에 그분께 나를 아뢰면 그분은 그것이 어떤 것이든 다 해결해 주신다. 하느님은 내가 아는 범위의 그런 분이 분명 아니라는 것을 우리는 알아야 하며, 하느님은 결코 그런 째째한 분이 아님을 알고 자신을 활짝 열어 보일 필요가 있음이다. 하느님을 향해 나를 활짝 열어 보일 때 그분은 그 사람에게 걸맞는 은총을 분명히 내려 주신다. 그래서 사순시기가 어려움이 따르는 시기이지만 그만큼 은총의 시기라고 이야길 할 수 있는 것이다.

섬에서 어린 시절을 보내고 뭍으로 나와 유학생활을 하던 한 학생이 자신의 게으름과 잘못된 생활로 인하여 학창시절을 마무리하지 못하고 낙향하고 있었다. 그래도 그 학생에게 양심은 있어 이렇게

생활하다간 폐인이 되겠다 싶어 고향으로 향하기로 맘을 먹었던 것이
다. 그런데 그 고향으로 향하는 길이 순탄치 않았다. 배가 풍랑을 만
나 애를 먹었고 그러던 중에 청년은 이런 생각을 하게 되었다. ‘나는
몇 년 만에 한 번 탄 배 안에서 이렇게 배멀미를 하며 힘들어 하다
니……. 고향의 부모님은 매일 이보다 훨씬 작은 배에서 작업을 하셔
야 하고 그 돈으로 내가 공부를 한 것인데, 어떻게 작은 결실 하나 없
이 고향으로 갈 것이며 부모님을 어떻게 대할 것인가?’ 그렇게 생각
하니 정신이 번쩍 드는 것이 아닌가? 그때 그 학생은 잠시 기도를 했
다. “주님 제가 어떻게 하는 것이 올바른 것입니까? 당연히 구하는 사
람에겐 하느님께서 반드시 답을 주시는 법이 아닙니까?” “이 사람아!
다시 뭍으로 나가거라. 그리고 기도와 연학과 성사생활 안에서 제대
로 자신을 만들고 고향으로 향하여라. 그것이 하늘과 부모님을 향해
올바로 행동하는 것이니라.” 그 말씀을 듣고 그는 다시 배를 되짚어
뭍으로 나갔다. 그리고는 정성을 다하여 기도와 연학과 성사생활 끝
에 자신과 부모님이 바라는 모든 것을 갖추게 되었다.

　　무용담 같지만 실제 우리 삶의 이야기가 이런 것이고, 실제로
잘 되고 안 됨은 종이 한 장 차이일 뿐 모든 것이 마음먹기에 달린 것
이다. 그 가운데 하느님의 축복이 계신 것이다. 내가 회심하여 그분께
가면 그분은 은총으로 우리를 축복해 주시는 분임을 잊지 말자. 은총
의 사순시기이기를 두 손 모아 기도해 본다.

자연의 소리

홍천에서 수녀님들의 피정을 안내하던 어느 이른 봄이었다. 갑자기 새떼의 울음인가 싶어 소리 나는 쪽을 향해 산속으로 걸어가 보니 점점 이상한 생각이 들었다. 요즘 새들은 땅속에 사나 어째 새소리가 땅속에서 들려올까? 그래 산속으로 더 가까이 다가가니 그곳엔 작은 연못이 있었고, 긴 겨울잠에 지친 녀석들이 일찌감치 나와 신나게 울어 대고 있었다. 아니 이 녀석들은 어째 새소릴 내며 울까? 도대체 이해가 가질 않았지만 개구리 전문가가 아니니 그냥 내려올 수밖에 없었다. 그러나 그 개구리들의 울음소릴 영영 내 귓전을 떠나지 않았다. 어째서 그랬을까? 그들의 울음소리 속엔 뭔가가 있는 것이 아닌가 싶어 피정을 마친 뒤 집에 돌아와 개구리에 대해 알아보았다.

개구리가 동면을 하는 동물이라는 것은 누구나 다 아는 사실이다. 그런데 개구리가 언제 우느냐고 물으면 글쎄 이른 봄에 많이 울지 않나 하고 생각할 것이다. 맞는 이야기이다. 개구리는 주위의 온도에 민감하여 수온에 따라 그 울음의 강도가 다르다고 한다. 이른 봄에 개구리가 동면에서 깨어나 우는 이유 중의 하나는, 자신이 낳은 개구리 알을 보호하기 위해서란다. 그래서 개구리라는 녀석들은 봄철이면 시도 때도 없이 울어 멜 수가 있는 것이다. 물의 온도가 올라가기만 하면 동면에서 나와 울 수 있기 때문이다. 그런데 변덕스런 뺑덕 어미 같은 날씨 때문에 개구리들은 기습을 당해 얼음 속에 자신의 분신들을 낳을 수도 있게 된다. 아이고! 불쌍타 하겠지만 그래도 개구리 알들은 제 어미의 본능을 그대로 타고 나기에 얼어 죽지 않고, 그 상태로 동면이 가능하다고 한다. 개구리는 어쩌다 기온이 내려가 영하가 되어 물과 땅이 얼면 그대로 자신도 얼어 그 추위와 일치를 이룬다고 한다. 그리고 그 변덕스런 날씨에 굴하지 않고 다시 따스한 햇님이 비춰 주면, 다시금 자신의 언 몸을 살짝 녹이며 다시 자연과 동화를 이룬단다. 이것을 보며 생명의 신비와 하느님의 창조의 오묘함을 찬미하지 않을 수 없다.

그러면 그때 홍천 산속에서의 개구리들은 어찌 그런 울음소릴 냈을까? 그건 울음이라기보다 통곡이었다. 추워서였을까? 갑자기 변화한 기온 때문에 너무 일찍 깨어 자신의 아가들에게 미안해서 운 것일까? 아니면 인간들이 생태를 마구 변화시켜 들어오기에 분노하여 운 것일까? 그것도 아니라면 세상을 향해 회심하는 수녀님들을 대신해서 울어 댄 것일까? 어떤 것도 다 가능했으리라고 본다. 그 개구리들의 구슬픈 울음소리가 지금도 많은 것을 생각하게 하는 것은 무엇을 의미하는 것일까? 우리는 나름대로 심각하게 환경오염과 파괴에 대해 고민을 한다. 고민을 하지만 그렇게 심각하게 그것에 대해 대처를 하지 못하는 것이 문제이다. 우린 이 부분을 많이 고민하지 않으면 안 될 것이다. 우리의 후손들에게 살기 좋은 환경을 물려 주어야 할 우리로서는 참으로 창피한 일이 아닐 수 없다.

적어도 우리가 잘 살았다 하는 것은 죽어 그분 앞에 갔을 때, "그래요, 당신의 창조질서에 따라 아주 잘 살다 왔습니다. 그러니 기꺼이 당신의 나라에 받아 주십시오" 하고 당당히 말할 수 있는 것이다. 이런 차원에서 본다면 하느님의 오묘한 창조의 신비와 우리들이 엮어 나가는 환경의 무질서로부터, 조화가 무엇인가를 제대로 봐야 할 것이 아니겠는가 싶다. 다시 한 번 개구리의 울음이 슬프게 들리지 않고 창공의 노랫소리로 들릴 수 있는 그런 날이 서울 한강의 여기저기에서 들려오길 기대해 본다.

배움

노자에게서 배우는 것들은 참으로 좋다. 인위적이지 않아서 좋고, 있는 그대로 하느님의 창조 모습이어서 놀기에 좋고, 사람이 사람다운 것이 무엇인가를 노래해서 좋고, 때로는 시공을 초월하는 맛을 느끼게 해서 참 좋다. 만의 하나 성현들 중에 스승으로 모실 분을 뽑으라면 역시 예수와 노자를 말하지 않을 수 없다. 왜냐하면 두 분은 우주를 베개 삼아 놀 수 있는 분들이기에 좋다고 감히 이야기하고 싶다. 두 구절에서 나타나는 두 분의 모습에서 역시 타의 추종을 불허하는 자유의 대가임을 깨닫게 된다. 먼저 노자의 글을 인용해 본다.

"물에서 배운다. 강해지려면 흐르는 물처럼 되어야 한다. 네모난 관이면 물은 네모나게 흐르고, 둥근 관이면 물은 둥글게 흐른다. 물은 언제나 부드럽게 흐르기 때문에 가장 강하다." −노자−

노자는 물의 속성뿐만 아니라 물이 주는 자연스런 자유를 그대로 본질직관하고 있다고 이야기하고 싶다. 그러나 노자는 어떻게 하면 하나라도 자연과 일치하여, 그 안에서 참자유를 얻는 사람의 모습이 될까를 주장한다기보다 노래한다고 해야 맞는 표현이리라.

지는 것이 이기는 것이라는 표현이 있다. 이 말의 참뜻은 부드러워질 때 그 안에 모든 것이 녹아난다는 의미가 아닐까? 그런 의미에서 본다면 노자가 '물에서 배운다'라는 표현은 대단한 표현이라고 할 수 있다. 그리고 사람이 물처럼 자연스러워져야 난세의 틀을 평화의 장으로 바꿔 놓을 수 있을 것이다. 계속 뭔가 노자의 것을 내 것으로 하려 하다 보니 노자의 색깔을 내 스스로 변질시켜 놓는 것 같아 이쯤에서 줄여야겠다. 그것만이 그분을 제대로 알아 가는 자세가 아닐까 싶다.

"하늘에 계신 우리 아버지 아버지의 이름이 거룩히 빛나시며 아버지의 나라가 오시며 아버지의 뜻이 하늘에서와 같이 땅에서도 이루어지소서." -예수-

제자들이 스승 예수께 저희에게도 기도하는 방법을 가르쳐 달라고 했을 때, 따뜻하게 가르쳐 주신 주님의 기도이다. 사실 이보다 어떻게 넓게 생각하고 기도할 수 있을까? 우주뿐만 아니라 우주를 떠안고 계신 하느님의 모습을 그 짧은 말씀 안에 다 내포시켜 주고 계신다. 이는 무엇을 의미하는가? 그분은 이미 세상을 넘어 아버지의 의중을 다 꿰고 계시다는 것이다. 너무 초월적인 이야기 같지만, 그 초월적인 말씀이 이 땅에서도 이루어지게 해 달라고 간구하신 것이다. 어떤 차원에서 보면 마치 뜬구름 잡는 듯 보이지만 그렇지 않다. 아주 현실적인 차원에서 하늘나라가 이 땅에서 구현됨을 기도 속에서 노래한 것이며, 당신이 가르쳐 주셨기에 스스로 자신이 이것을 다 실행하고 가신 분이시다. 대부분의 성현들은 천수를 누렸지만 예수님은 당신의 말씀을 친히 행하시는 차원에서, 당신을 이 세상과 아버지를 향해 기꺼이 내어 놓으신 것이다. 그 안에 예수의 참평화와 자유가 마치 세상에 도장을 찍듯이 선명하게 드러났다.

사실 주님의 기도를 노래하고 있노라면, '야!' 하고 감동을 아니 받을 수가 없다. 왜일까? 아버지의 나라가 묵상 안에서 현실화되는 것을 보기에 그렇다. 나는 늘 주님의 기도를 묵상한다. 다 외우고 있는 내용이기에 언제 어디서나 꺼내어 볼 수 있고, 실제로 수많은 시간을 함께 해도 싫증나지 않는 것이 바로 예수께서 가르쳐 주신 주님의 기도이다. 더 놀라운 것은 같은 하늘나라를 가지고 기도를 하지만, 그때마다 느껴지는 맛과 색깔이 늘 다르게 다가온다는 것이다. 그러니 어찌 주님의 기도를 보석이라 생각하지 않을 수 있으며, 그 좋은 기도를 묵상하지 않을 수 있으랴!

사랑의 뿌리

사랑은 참으로 좋은 것이다. 사랑은 어떤 종류의 사랑이든 아름다우며 사랑을 하면 그 안에서 힘이 나온다. 사랑에도 단계가 있다. 특히 동양 사람들에 비해 서양 사람들은 사랑에 대해서도 잘 분류해 놓고 있다. 이를테면 사랑을 에로스로부터 시작해서 필라델피아, 그리고 아가페의 사랑으로 분류해 놓고 있다. 이에 비해 동양 사람들은 동양화를 보듯이 날카로운 면보다는 두루뭉술한 가운데 평평한 산에 비유라도 하듯, 사랑이라는 한 단어로 사랑을 모두 대변하고 있다. 이런 차원에서 사랑을 보도록 하자.

남녀의 사랑을 일컬어 에로스의 사랑이라 한다. 세상에 남녀 간의 사랑이 없다면 참으로 암담할 것이다. 물론 가톨릭 사제가 이런 것을 논한다면 좀 그렇지 않은가 하고 이야기할 수도 있겠지만, 그래도 이야기해 보고자 한다. 남녀간의 사랑은 여러 차원에서 반드시 필요하고, 그 사랑 안에서도 천박한 사랑이 아닌 승화된 사랑이 반드시 필요하다는 것이다. 이를테면 이런 사랑 말이다. 사랑하는 두 사람이 등산을 갔는데 바위산을 오르다 그만 실족하여 사랑하는 여인이 돌연 시공을 달리한다. 그녀와 함께한 남자는 그 사랑하는 여인을 위해 밤을 새우고 결국 사랑하는 여인을 산에 묻는다. 사랑하는 여인을 잃은 그 남자는 도저히 혼자서는 산을 내려올 수 없어서 자신도 죽은 여인을 뒤따라가고 만다. 윤리적으로 어떤 것이 먼저인가 따질 소지가 있을 수도 있겠지만 사랑은 분명히 윤리적인 차원을 넘어 존재하는 것이 아니겠는가. 아마도 사람들이 이런 마음으로 서로 남녀간의 사랑을 확인하며 살아간다면 쉽게 이혼하거나 헤어지는 그런 일은 없지 않겠나 싶다.

가족간의 사랑을 일컬어 필라델피아의 사랑이라고 한다. 특히 부자나 모자간의 사랑을 의미한다. 동물의 세계에서 암수간의 사랑은 쉽게 변질되는 경우도 있지만 어미와 새끼 간의 사랑은 각별하듯이, 인간에게 있어서 부모 자식 간의 사랑이 각별한 것은 두말할 나위도 없다. 이런 예를 들면 어떨까 싶다. 사랑하는 가족들이 모처럼 해외여행을 떠났고, 어렵게 만든 자리였지만 안타깝게도 항공기 사고가 난다. 그 긴박한 상황에서 어머니와 아들은 아직 살아 있다. 문제는 빠른 시간 내에 비행기 잔해 틈에 끼어 있는 몸을 일으켜서 빠져 나가지 않으면 비행기가 곧 폭발하게 되는 상황이라는 것이다. 그렇게 되면 살아 있는 그 생명마저도 보장받을 수 없게 된다. 그때 엄마는 하느님께 기도하면서 아들을 위해 있는 힘을 다해 공간을 만들어 빠져나갈 길을 만들어 준다. 그러면서 아들에게 가능한 한 빨리 비행기로부터 멀리 가라고 소리친다. 그러나 아들은 뒤를 돌아보기 바빠 주저한다. 그때 엄마는 소리를 지르며 아들에게 멀리 뛰어갈 것을 요구하고, 그 사이 아들도 엄마도 함께 운다. 얼마 후 엄마는 힘이 다 빠져 그곳을 빠져나오지 못하고, 비행기는 결국 폭발한다. 이것이 필라델피아가 만드는 모성애이다.

　　아가페의 사랑은 하느님의 사랑이며 둘을 포함한 모든 것을 아우르는 사랑을 말한다. 어떤 것이 위다 아래다를 따지기 전에 사랑 중에서도 가장 최고의 꽃을 아가페의 사랑이라 할 수 있지 않겠는가? 그 이유는 에로스가 남녀간의 사랑을 대표하고 필라델피아가 가족 간의 사랑을 노래하는 것이라면, 아가페의 사랑은 온 우주를 향한 존재들을 향한 사랑이기 때문이다. 그래서 아가페의 사랑은 전 우주적인 사랑이라고 할 수 있는 것이다. 이를테면, 그 시대마다 예수님처럼 자신의 생명을 공적으로 바치신 거룩한 순교자들의 사랑처럼 말이다. 이분들은 왜 자신을 하늘과 백성들을 위해 불사르고 꽃피울 수 있었던 것일까? 그것은 그만큼 하느님을 향한 사랑이 설산에 눈 쌓이듯 쌓이고, 소외되고 뒤처진 사람들을 향해 자신을 다 봉헌했기 때문일 것이다. 사랑은 말이 아니라 행동이다. 행동하는 가운데 참사랑이 우리 주위를 변화시킬 것이다. 지금 십자가 위의 예수님은 우리에게 말을 걸어오신다. 사랑을 살려거든 온몸으로 살라고! 그것만이 참사랑임을 잊지 말자.

기적

기적은 어디에서 오는가? 기적은 천재성에서 오는 것 같지만 그렇지 않음을 우리는 경험 안에서 잘 알 수 있다. 예수님의 경우도 마찬가지라고 본다. 그분이 기적을 행하셨음은 누구나 잘 알고 있다. 그런데 과연 주님께서 신성만 가지고 기적을 행하셨을까? 아닐 것이다. 그 이유는 예수님은 대단한 노력가이셨기 때문이다. 특히 기적을 행하실 때를 보면 당신이 얼마나 많은 기도와 고민을 하셨고 하느님 아버지와 대화를 나누셨는지 알 수 있다. 늘 바쁘게 일하셨으며, 일과 후에도 아버지와 대화를 하시기 위해 어떤 날은 밤을 새워 가며 기도를 하셨고, 필요한 곳이면 언제든지 달려가시곤 했다고 되어 있다. 기도하시고 최선을 다하시는 가운데 기적은 이뤄진 것이다.

삶 안에서도 마찬가지라고 본다. 만의 하나 누군가가 기적과 같은 신화를 만들기를 원한다면, 거기에 걸맞는 노력을 하지 않고는 결코 기적이 일어날 수 없는 것이다. 왜냐하면 땀의 결정체가 바로 기적을 일궈 내기 때문이다. 일상에서의 신화가 드러나길 원한다면 목표가 분명해야 하고 그 목표를 향해 자신을 올인해야 할 것이다. 물론 무조건 노력만 한다고 되는 것은 아니고, 확실한 목표와 비전 그리고 아이디어가 뒤따라 주어야 할 것이다. 세속의 신화적 존재를 예로 드들어 보자.

"나는 신입사원 시절부터 사장을 꿈꿔 왔고, 그래서 사장이 되었다. 회사에 출근하고 싶어 새벽 2시, 3시, 4시에 잠에서 깼다. 일이 좋고 일을 사랑했기 때문에 직장에 출근하는 것이 너무나 자랑스럽고 보람 있었다. 한때는 빨간 날을 싫어했다. 365일 하루도 쉬지 않고 출근한 게 아마도 4년은 넘을 것이다." -이 수창 삼성생명 사장-

위의 글을 보면 느껴지는 것이 있으리라 생각한다. 사람은 분명한 목표가 있을 때 거기에 맞는 대응이 가능한데, 얼마나 큰 열정이 있었는가를 쉽게 알 수 있다. 그는 일에 관한 한 프로였고 일이 곧 취미였다. 그리고 성공하는 길이 무엇인가에 대한 맥을 짚고 있었다. 결국 그는 자신이 바라던 대로 대기업의 사장이 되었다. 여기서 우리는 목표가 분명하고 그 목표를 향해 노력한다면 그 꿈이 현실로 이루어진다는 사실을 간과해서는 안 될 것이다.

다니엘 3장을 보면 더 큰 하느님의 꿈이 이루어지심을 볼 수 있다. 다니엘과 그의 동료 셋은 네부카드네자르 임금의 '금상에 경배하라'는 명령을 어긴다. 그러자 임금은 그들을 화로 속에 던져 넣으라고 명령하게 되고, 그 화로 속에서 기적이 일어난다. 그들이 그 불가마 속에서 유유히 산보를 하는 것이 아닌가? 이걸 무엇으로 설명하겠는가만은, 그것을 본 임금은 깨끗이 항복하고 하느님을 찬미하게 된다. 우리는 믿어야 한다. 그리고 우리 인간과 하느님은 완전히 다른 존재라는 것과 동시에, 존재자와 피조물의 차이란 하늘과 땅만큼의 차이가 있음을 깨달아야만 한다. 또한 쓸데없이 생떼를 부려서는 안 된다는 것도 깨끗이 인정해야 한다. 그 속에 하느님의 존재 모습이 그 대로 드러날 것이다.

현대에도 커다란 신화는 계속되고 있다. 하얼빈, 다보스, 두바이 같은 도시에서 일어나고 있는 신화같은 일들이 그 예이다. 하얼빈은 영화 25°도 더 내려가는 열악한 곳에서 세계적인 축제를 열고 있으며, 다보스는 해발 1575m의 고지대임에도 고립된 환경을 이겨 내고 그곳을 지식인들의 토론 장으로 엮어 내고 있는 것이다. 특히 두바이는 어떠한가? 척박한 사막의 땅에 새로운 도시를 건설한다는 목표 아래 신화같은 일들이 정말 현실로 이루어지고 있다. 이런 신화가 현대에도 계속 이어짐은 인간의 무한도전과 열정이 만들어 내는 것이기는 하다. 그러나 기왕 제대로 가려면 하느님의 의견이 반드시 전제되어야 한다고 본다. 인간 중심의 것이 하늘을 찌르게 되면 결국 어떤 모습이 우리 안에 펼쳐짐은 불을 보듯이 뻔한 것이기 때문이다. 예수님을 성심껏 따르는 사랑하는 사람들이여! 신화나 기적을 만들려거든, 주님의 깃발 아래 공동의 선을 향한 하늘나라의 복음 선포를 온전히 이루는 가운데 새로운 장을 열자. 그럴 때 하느님은 기꺼이 우리에게 신화의 기적을 내려 주실 것이다.

예수님은 어떤 사람을 좋아하셨을까?

예수님도 사람이셨다. 그렇기 때문에 예수님에게도 좋아하는 타입의 사람이 있으셨을 것이다. 크게 나눠 볼 때 자매를 좋아하셨을까 아니면 형제를 좋아하셨을까 생각해 보지만, 그런 차원의 좋음은 넘으셨다는 느낌이 든다. 그럼 어떤 사람을 좋아하셨을까? 베드로, 요한 아니면 막달라 마리아…… 많은 생각을 해 보고 기도를 해 보지만 그분의 영역이 넓어서일까 딱 다가오는 것이 없다. 이에 고민을 하게 되었고, 혹여 기도 제목을 잘못 잡았는가 싶어 기도 중에 장고를 하게 되었다. 장고 끝에 악수를 둔다고 했던가?

그래도 잡혀가는 것 하나는 예수님은 일 잘하는 사람도 좋아하셨겠지만, 겁 없이 당신을 따르고 당신의 생각을 정리해 줄 수 있는 사람을 좋아하셨을 거라는 생각이었다. 그 이유는 우선 당신은 능력이 있으신 분이라 아이디어는 풍부하셨겠지만, 떠오르는 아이디어를 다 주체하기가 어려우셨을 것이기 때문이다. 그때는 컴퓨터까지는 상상도 못했겠지만, 참모 중에서 정리를 일목요연하게 잘하는 제자도 그렇게 많지는 않았다는 생각이 든다. 겁 없이 따르는 사람이야 베드로 정도로도 만족하셨으리라 보여진다. 그런데 문제는 그 탁탁 튀는 아이디어 정보들을 누가 제대로 듣고 정리할 수 있었느냐는 것이다.

있다면 요한 정도인데, 글쎄 그것을 다 정리하지 못하였기에 훗날 어렵게 다시 영감을 받아 적어야 했던 것이 아닌가 싶다.

예수님은 당신이 열심히 일하시는 분이었고, 기도에 있어서도 절대로 둘째가는 분이 아니셨기에 예수님 밑에서 제자하기도 쉽지는 않았으리라 생각된다. 얼마나 힘들었을까? 당신과 당신을 따르는 사람들의 삶의 양식이 자신을 완전히 포기하게끔 만드는 그런 삶이었으니 장가간 사람들이 예수님을 따르는 것 또한 쉽지는 않았으리라. 영적으로 좋을 때는 기꺼이 따르는 제자들이었지만, 그렇지 않으면 쉽게 빠질 수 있는 그런 상태가 아니었는가 싶다. 말을 하다 보니 제자들 들으면 열 받는 그런 이야기다 싶어 이만 줄인다.

어떻든 지금 예수님이 여기 오셨을 때 나는 과연 그분 맘에 드는 그런 삶을 사는 사람인가를 한 번 짚어 보자는 이야기이다. 내가 잘하는 것과 잘 할 수 있는 것이 무엇인가?

1. 초월적인 삶을 살 만큼 기도에 잘 몰입하는 사람인가?

2. 일을 빈틈없이 잘 처리하는 능력이 있는 사람인가?

3. 예수님도 깜짝 놀랄 만큼 창의적인 사람인가?

4. 있는 것을 기꺼이 내어줄 수 있는 사람인가?

5. 사랑을 받는 이상으로 줄 수 있는 사람인가?

6. 가라면 어디든지 군소리 안 하고 갈 수 있는 사람인가?

7. 예수님처럼 순수한 마음으로 청결과 정결의 삶을 살 수 있는 사람인가?

8. 스스로 내려놓을 수 있는 용기가 있는 사람인가?

9. 이것도 저것도 아니라면 굼벵이처럼 구를 줄 아는 사람인가?

10. 다 끝났다 선언을 하고 난 뒤, 삼일 후에 다시 일어설 수 있는 사람인가?

　잘은 몰라도 위의 것들을 나름대로 소화해 낼 수 있는 사람이라면 예수님께서 좋아하시는 그런 대열에 들어설 수 있지 않겠는가 생각해 보지만, 그것도 내 생각이지 그분의 생각은 아니다. 어떻든 간에 우리는 스스로 생각해 봐야 한다. 나는 스스로 좋은 사람이라고 생각할 수 있는가? 타인이 볼 때 나를 맘에 들어 할까? 하느님 보시기에 나는 괜찮은 사람인가? 예수님이 오실 때, '야! 이 사람 괜찮네' 하고 칭찬 한마디 들을 수 있는 사람인가? 어려운 이야기이지만 그것이 안 된다고 실망할 필요는 없다. 그분을 향해 나를 봉헌하는 가운데 나를 다시 재정립하면 되니까. 그것이 안 되는 사람이 많은 것 같아 그분의 이름을 빌어 맘에 드는 사람으로 거듭나자는 이야기이다.

심청(心聽)

짧지만 깊은 마음으로 심청전의 심청을 생각해 본다. 한자로 심청을 표기하니, 심청(心聽)은 마음의 소리로 보여졌다. 그러나 심청전의 심청(深淸)은 심해의 깊은 푸른 바다인 인당수를 말한 것이 아니겠나 싶다. 나는 심청의 깊고 고운 그 마음을 보고 있노라면, 심청을 심해의 푸른 바다를 넘어 마음으로 듣는 여성으로 보고 싶다. 좀 지나친 표현일지 몰라도 참으로 하느님의 소릴 들으며 사는 그런 사람임에 틀림없어 보인다. 이런 차원에서 보면 심청은 시대를 많이 앞서 산 사람 아니겠는가.

현대에는 옛날과 달리 얼마나 많은 소리가 존재하는가? 옛날엔 자연의 소릴 들으며 살았다고 생각된다. 물론 옛날이나 지금이나 정치인들에게선 그렇게 좋은 소리가 오가진 않았을 것이다. 그러나 소리하면 어떻게 옛날의 소리가 현대의 소릴 따라 올 수 있겠는가? 세상엔 많은 소리들이 떠돌고 있고, 특히 현대엔 공기 중에 흐르는 전자파나 주파수에 따라 너무 많은 것들이 변화되어 오는 것을 볼 수 있다. 즉 살아 있는 소리들이 얼마든지 있다는 뜻이다. 그런데 그중에 참소리가 과연 얼마나 있을까? 이것이 문제다. 정보와 소리의 홍수 속에 정작 득보다는 실이 점차 커져 가고 있음을 깨어 있는 사람들은 다 알고 있다. 전자파 속의 소리가 많으면 많을수록 그만큼 사람은 사람뿐만 아니라 세상의 존재물들을 서서히 파괴시켜 가고 있음을 나름대로 알 수 있다. 제대로 된 소리가 세상을 살찌우는 그런 시대로의 전환이 필요하지 않겠는가.

하늘에는 새들의 소리가 있고 또 천상의 소리가 있다. 그러나 사람들은 새들의 소리를 잊은지 오래기에 그 너머에서 들려오는 천상의 소리를 공감각 속에서 듣는 것이 쉽지가 않다고 본다. 그래 억지로라도 자연의 소리를 들을 수 있는 기회를 만들어 보고자 한다. 최성현의 〈산에서 살다〉를 보면 다음과 같은 내용이 있다. 바다의 소리를 듣는 가운데, 바다의 영물인 고래들로부터 우린 영의 소리가 어떻게 들려오는가를 한 번쯤 귀 기울일 필요가 있음을 강조하고 싶어 인용해 보기로 한다.

"바다 속에는 소리 통로가 있다. 고래는 짝을 찾을 때나 무리와 아주 중요한 의사소통이 필요할 때 이 소리 통로를 이용한다." 그 소리 통로를 이용하여 고래들은 1,000리 이상 떨어진 곳에 있는 동료를 부른다고 한다. 얼마나 멀리까지 갈 수 있느냐 하면, 놀랍게도 호주나 뉴질랜드 바다에서 낸 고래 소리를 한국의 동해나 미국 서부 해안에서 들을 수 있다. 깊이 300m에서 500m 사이의 바다에 그 신비한 통로가 있다고 한다.

바다의 고래도 그렇게 영적 차원의 소리로 자신들의 존재와 존재 가치를 중심으로 바다를 잘 영위하며 사는데, 하느님의 아들이라고 불리는 우리 인간은 스스로 많은 소리를 만들어 내고는 있지만 그 소리 속에서 허덕이고 있다. 왜일까? 필요한 소리를 만들고 그 소릴 이용해서 깨달음을 얻어야 하는데 죽음의 소리로 가고 있기 때문이다. 늦었다 싶을 때 뭔가를 시작하면 그때가 호기라고 했던가? 자신의 소리가 하느님의 음성이 될 수 있는 시간을 만들어 보자. 그래야만 다시금 잊어버린 영혼의 소리, 영적인 소리인 하느님의 음성을 들을 수 있을 것이다. 그것은 하느님을 사랑하고 이웃을 내 몸같이 사랑할 때 그 소리를 들을 수 있는 것 아니겠는가? 잘은 몰라도 심청이가 푸른 심해의 차원을 넘어 영의 소리를 들을 수 있었기에 효녀로 등극된 것이 아니겠는가 싶다. 오늘 내 주위에 어떤 소리가 들려오고 어떤 답을 바라고 있는지 귀 기울여 보자. 마음의 소릴 들으려고 귀 기울여 보자. 그러면 그분께서는 당신의 소리를 들려 주시면서 동시에 은총의 선물도 곁들여 주실 것이다.

고독의 꽃

세상을 살면서 누가 가장 외로웠을까? 저마다 자신이 가장 외로웠다고 할 수도 있을 것이다. 그러나 깊게 생각해 보면 고독의 깊이는 저마다 그 맛이 다르기에, 부정적으로 보면 고독의 끝은 죽음이 될 것이고 역으로 고독의 긍정의 말미엔 예상치도 못한 향기 그윽한 한 송이 꽃이 피어 있을지도 모른다. 그러기에 우린 고독을 적으로 생각할 것이 아니라 고독을 즐길 수 있는 그런 사람이 되어야 한다. 외로움으로 생각한다면 예수님이 단연 최고의 고독을 맛보셨을 것이라고 생각된다. 그 이유는 예수님은 삼라만상의 모든 것을 다 고민하고 책임져야 하셨기에, 그분의 고독의 깊이는 누구도 따를 수가 없었으리라고 보여지기 때문이다. 그러나 예수님은 고독을 절대로 내치거나 부정하지 않으셨다. 다만 다가오는 그 고독의 시간을 당신 아버지와 함께 상의해 가면서 조용히 다 해결하셨다.

오너 또는 리더 등의 단어를 우리는 현 시대에서 많이 쓰고 있다. 자신의 자리에서 나름대로 올라갈 만큼 올라간 사람들을 지칭하는 단어들이다. 이 말들을 들을 때 좋은 점도 있지만 많은 경우 그들에게는 책임과 함께 어떤 결정을 내려야 할 시간이 오게 될 것이고, 그때는 참으로 힘들 수밖에 없을 것이다. 이런 시간에 흔들리지 않는 사람이 진정한 오너이자 리더라고 볼 수 있다. 마치 마을을 지켜 온 거목과 같고, 인수봉을 지켜 온 큰 바위와 같은 존재이듯이 말이다. 그러나 바위와 거목을 보라. 그들은 그 수많은 세월의 시간을 불철주야 고독하게 견디어 냈기에 사람들로부터 칭송을 받는 것이 아니겠는가. 바위나 거목은 자신이 주위로부터 취하기보다는 주는 그런 삶을 살아왔다. 소탐대실(小貪大失)의 삶이 아니라 대탐소실(大貪小失)의 삶을 살아온 것이다.

　　우리가 큰 사람이 되려면 작은 것은 기꺼이 내어줄 줄 알아야 하고, 끝내는 큰 것도 내어주는 그런 삶을 택할 수 있어야 한다. 그런 면에서 예수님은 아주 큰 인물이셨음을 우리는 너무도 잘 알고 있다. 자신을 완전히 비워 바겐세일 하신 분이 바로 예수 그리스도이시다. 한 가정이나 직장에서 제대로 된 오너나 리더가 되려면 기꺼이 주는 그런 사람이 되라는 것이다. 이런 질문을 하는 사람도 있을 것이다. "주다 보면 뭐가 남겠는가?" 그러나 메아리도 돌아오듯이 준 것은 어떤 연유에서든지 다시 돌아오게 된다. 그것도 그냥 돌아오는 것이 아니라, 되로 준 것이 말이나 가마니로 돌아옴을 깨달아야 한다. 돌아오는 것이 눈에 보이지 않아 '그것 봐, 안 돌아오잖아' 할 수도 있지만, 먼 훗날 덕(德)이라는 커다란 선물로 오면 그때는 어떻게 하겠는가? 예수님이 어떻게 사셨는지를 다시 한 번 눈을 크게 뜨고 보라. 그리고 그분의 내어주는 사랑이 어떤 것인가를 큰마음으로 다가가서 보라. 거기에서 얻어지는 예수님의 그 어떤 것이 분명 있을 것이다. 그것이야말로 세상이 주는 어떤 것보다 큰 선물이 될 것이다. 고독의 꽃! 고독 속에 피어나는 꽃은 다른 꽃과 다르기에 향도 꽃도 오래갈 것이다.

거룩함

거룩함이란 간단한 것은 아니다. 사람 중에 최상의 조건을 갖춘 사람을 향해 붙여 줄 수 있는 말이라고 생각된다. 그럼 어떤 사람이 거룩한 사람이 될까? 당연히 성현들이다. 예수, 석가, 공자, 노자…… . 그럼 현대에서는 어떤 인물이 그런 칭송을 받을 수 있을까 하고 생각해 본다. 간디, 마더 데레사, 루터 킹…… 그럼, 이분들은 뭘 어떻게 살았기에 그런 성현의 대열에 들 수 있었던 것일까? 우선 좋은 환경이라고 생각한다. 여기서의 좋은 환경이란 경제적인 부를 말하는 것은 아니다. 부모들의 거룩함을 먼저 말하는 것이다. 결국 좋은 엄마 아빠가 영웅이나 성자를 만든다고 본다. 여기서는 영웅적인 인물은 거론하지 않겠다. 그 이유는 영웅이란 좋은 영역도 있지만 그 이면에는 추한 영역도 있기에 가능한 한 거론하지 않겠다.

좋은 부모가 거룩한 아이들을 탄생시킨다고 한다면 그 내면엔 어떤 내용들이 있기에 그렇다고 할 수 있을까? 첫째는 공부하는 부모이다. 부모가 연학(研學)하지 않는데 아이들이 어떻게 열심히 공부를 할까 하고 생각해 본다. 그렇다면, 책 읽어 주는 부모가 궁극에 가선 거룩한 아이를 만들지 않겠는가 싶다. 좋은 부모는 역시 함께 독서하면서 스스로 공부하는 데 기쁨과 보람을 느끼게 만들어 주는 부모인 것이다.

둘째는 사랑할 줄 아는 부모이다. 아이들이 보는 것은 당연히 엄마 아빠이다. 엄마 아빠가 하느님을 사랑하듯이 서로 사랑하며 산다면 아이들은 당연히 그 사랑을 먹으며 살 수밖에 없다. 그 사랑을 풍부하게 먹고 호흡하는 가운데, 몸에 밴 사랑이 이웃에게 저절로 흘러 나아가는 것이다. 그릇이 차면 넘치듯이 사랑도 차면 흘러 넘쳐 어디든지 간에 나눠 줄 수 있는 역량을 갖추게 되는 것이다. 이것이 부모가 자녀에게 줄 수 있는 최대의 사랑이라고 본다. 성가정이 그랬을 것이다. 경제적인 조건은 그렇게 좋았다고 보여지지 않으나 사랑은 차고 넘쳤다고 기도 안에서 보여졌다. 사실 이 부분이 가장 소중한 영역이라고 생각한다.

셋째는 기도이다. 늘 가정 안에서 누군가가 기도를 하고 있다면 그 집안은 거룩하게 될 수밖에 없다. 기도하는 사람의 마음은 따뜻하다. 그 따뜻함 안에서 사랑이 나오는 것이다. 성모님의 지극 정성한 기도가 예수를 거룩하게 했음은 두말할 나위도 없다. 그러므로 우린 고리를 만들어서라도 기도를 해야 한다. 그런데 우리 주변을 보면 기도하는 엄마는 많아도 기도하는 아빠는 그리 많지 않다. 웬 편견이냐 하겠지만 이게 현실이다. 왜? 바쁘기 때문이다. 그러나 그 바쁜 가운데서도 시간을 내야 하고 기도로써 하느님과 대화해야 하며 나 자신을 그분께 기쁘게 봉헌할 시간을 만들 때, 그 안에서 자녀들 또한 기도하는 맛을 느낄 것이고 하지 말라고 해도 기도가 삶을 풍요롭게 함을 깨달을 것이다. 그러면 그 가정은 이미 성가정의 대열에 들어간 것

이나 진배없다. 바쁜 아빠들이여, 술자리를 조금 줄이고 시간을 내보
자.

　넷째는 봉사이다. 연학, 사랑, 그리고 기도가 이뤄지는 가정은
이미 봉사도 다 이뤄지고 있는 가정이다. 그 가정 안에서는 서로 도와
주길 기꺼이 할 것이다. 이처럼 기본이 되어 있는데 밖에 나간들 그것
이 어디 숨어 있겠는가? 친구, 직장 동료, 이웃, 알지 못하는 사람들
에게까지 봉사의 삶을 펼치게 될 것이다. 이런 것들이 이뤄지는 가정
은 아이들을 거룩하게 만드는 조건을 갖춘 것이다. 이것을 갖추고 마
지막엔 봉헌하면 되는 것이다. 그러면 그 안에서 하느님은 그 가정을
축복 속에 성화시켜 주시는 것이다. 성화는 그분께서 시켜 주시는 것
이니 우리는 다만 이런 조건들을 위해 부단히 노력하자.

근면함

사람이 근면하면 지금 당장은 힘들다. 그러나 불과 몇 년 후면 그 힘듦이 기쁨으로 바뀐다는 것을 내다볼 수 있는 사람은 행복한 사람이다. 산모의 고통은 산모만이 알 것이다. 그것도 당면해 있는 산모라면 더 잘 알 것이다. 고통과 기쁨은 잠시 지나가는 것이다. 물론 역으로 기쁨은 오래 간직하고 싶지만 그것 또한 맘대로 되는 것이 아니기에, 그 모든 것이 그분의 역량 안에 있음을 빨리 알아차리는 사람은 그만큼 기쁨이 클 것이다. 자고로 근면함 안에 어려움 없고 게으름 안에 장사 없음을 이야기하고 싶다.

일찍이 레오나르도 다빈치도 인간이 게을러서는 안 됨을 다음과 같은 비유로 설파했다. "쇠는 안 쓰면 녹슬고, 고여 있는 물은 흐려지며, 게으름은 정신의 활력을 앗아 간다." 어느 집이나 직장, 사회단체, 국가를 막론하고 그 안에 게으름이 도사리고 있으면 그 조직은 쉽게 비실거림을 느낄 수 있다. 역으로 눈매가 초롱초롱하고 사기충천하여 저승사자와도 대적할 만한 기개세(氣蓋世)가 있다면, 그 뒤엔 반드시 있는 것이 있으니 그것이 바로 근면함이다. 깨어 있는 사람에게 이길 자는 없다.

우리들의 사부 예수님을 보자. 그분이 얼마나 근면한 분이셨는가? 그분의 공생활 첫날을 우린 관상 안에서 잘 보았을 것이다. 얼마나 바빴는가? 막말로 화장실 갈 시간도 없으셨고, 음식 먹을 시간도 없으셨으며, 그 당시 신을 신었는지 안 신었는지 잘은 모르지만 발바닥이 다 닳으셨지 않았나 싶다. 그러면서도 밤에 잠자리 하나 편안한 곳이 없으셨음을 우린 잘 알고 있다. 삐죽삐죽 나온 돌부리 사이에 좀 편안한 곳을 찾아 그곳에 자리를 잡고 아버지와 대화를 나누셨다. 그렇게 사셨기에 평생 사람들을 바꿔 놓으실 수 있었고, 그러기에 그분은 다시 사셔서 사람들이 편안하게 당신 아버지께로 올 수 있는 길을 닦아 놓으신 것이다. 그 근면의 결과로 예수님은 영원한 시간 안에서 사람들을 사랑으로 이끄시는 힘을 가지게 되셨음을 우린 깨달아 알고 있다.

그럼에도 불구하고 근면함을 살아내기란 쉽지가 않다. 좀 했다 싶으면 대가를 원하게 되고, 조금 불편하다 싶으면 쉽게 짜증을 내게 된다. 근면함이 몸에 밴 사람은 늘 감사할 줄 안다. 그리고 자기 앞에 커다란 해일이 온다 해도 그분의 도우심과 지혜로 그것들을 모두 받아낼 수 있다. 허긴 그걸 안 받아낸들 어찌 할 수 있겠는가만은, 그래도 근면한 사람은 할 수 있는 한 모든 것 안에서 하느님의 뜻을 찾아가며 사는 사람이다.

일본에 있을 때 홋가이도의 육지에서 멀지 않은 바닷가에 진도 8의 지진이 일어났고, 사람들은 곧 쓰나미(지진해일)가 올 것을 직감했다. 그래서 사람들은 모두 산으로 산으로 피신을 갔다. 늘 근면하고 성실한 사람들은 딱 필요한 것들만 챙겨 가지고 산으로 피신했다. 그런데 평소에 게을렀던 사람들은 욕심까지 많아 귀금속에 재산 타령까지 하는 사이, 집채보다도 더 큰 물기둥이 마을을 덮쳐 바다 안으로 다 쓸려 갔다. 그리고 통째로 물귀신들이 되었다. 이 예 하나만 보아도 우리가 왜 근면하게 살아야 하는가는 불 보듯이 뻔한 일이다. 주님을 주인으로 모시는 이들이여! 우리는 그분의 허리 춤만큼만 걸려도 참 다행이라 생각한다. 그러니 그분을 닮되 올곧음과 근면함 안에 따뜻함을 닮아 보자. 이것이야말로 참 은총이다.

생각함

사람이 사람답게 살기 위해 필요한 것 중의 하나가 바로 생각이다. 무엇을 어떻게 생각하느냐에 따라 인생의 진로나 질이 확 달라질 수 있다. "나는 생각한다 고로 나는 존재한다." 이 말은 그 유명한 철학자 데카르트가 남긴 최고의 명언이다. 사람이 어떻게 생각하느냐에 따라 이렇게 명언을 남길 수도 있고 반대로, "내가 가장 확실하게 말할 수 있는 것은 나는 사유한다는 것이다."라고도 말할 수 있다. 그는 또한 '관념론'으로 회유해 버리는 오류를 범하는데, 그 결과물로 데카르트는 "구원이란 것은 신이 내린 산물이 아니라, 인간의 사유와 통찰을 통한 진리 추구로서 얻을 수 있다."라고 주장한다. 그의 처음 생각이 점차 꼬여 가는 느낌을 준다. 물론 생각함을 이야기하면서, 데카르트를 비판하거나 읽는 이들의 머리를 복잡하게 만들려는 것이 아니다. 다만 생각함에 따라 인간은 이렇게 천차만별의 모습을 보인다는 것이다. 생각은 좋다. 그러나 얼마나 긍정적인 생각을 가지냐가 더 소중하다고 할 수 있다.

미국의 심리학자 쉐드 헴스테더 박사는 생각에 대해 이렇게 정리하고 있다. "오만 가지 생각이 운명을 가른다. 우리는 하루에 대략 5~6만 가지의 많은 생각을 한다. 그런데 문제는 그 생각 중에 85%는 부정적인 생각이며, 단 15%만이 긍정적인 생각이라는 것이다. 그러므로 우리는 하루의 대부분을 부정적인 생각과 싸우며 살아가고 있다."

누구인들 긍정적인 생각을 하지 않는 사람이 있겠느냐만은 들어오는 것들이 부정적인 것들이니 그걸 어떻게 하겠는가. 그렇다고 그 선에서 맥 놓을 순 없다는 이야기이다. 생각은 싸운다고 얻어지는 것이라고 단언하지 못하지만, 분명한 것 하나는 나의 생각 자체를 단순화시켜서 예수님께서 늘 아버지와 일치를 이루셨던 것처럼 그렇게 최선을 다해 나를 비우고, 그분께 나아가는 여정이 주를 이루어야 한다는 것이다. 그때 우리 생각이 건전한 생각으로 차원을 높여 나아감은 당연할 것이다.

그만큼 생각은 소중한 것이다. 사람이 빵만으로만 살 수 없다는 것도 바로 생각함이 있기 때문이다. 빵만으로 만족한다면 그냥 동식물에 지나지 않을 것이다. 그러나 우린 그런 상태로 만족할 수가 없기에, 공부와 기도, 일과 쉼을 조화롭게 영위하며 살아가는 것이다. 이 모든 것들이 내가 어떻게 생각하느냐에 따라 새로운 영역을 만들어 낼 수 있을 것이다. 인간은 처음에는 그저 동식물과 같이 자신의 만족을 위해 배가 채워지는 것으로 자신을 위로할 수 있을 것이다. 그러나 자아가 생기고 생각함이 깊어 감에 따라 1차원적인 것만으로는 만족할 수 없게 될 것이다. 그러기에 생각함에 있어 더 고차원적인 것으로 들어가는 것이고, 그 안에서 궁금하고 신비로운 것들로 서서히 접근해 가는 것이다. 그 궁금증들이 자신 안에서 해결되지 않으므로 선조들이 만들어 놓은 역사 안으로 들어가게 되는 것이며, 그 안에서도 만족하지 못할 때 우린 역사를 넘는 신화나 전설, 그리고 신들의 이야기 속으로 들어가고, 거기에서도 답을 구하지 못하기에 종교의 신비로 투신하는 것이다. 그 안에서 우린 우리들의 생각을 심화시켜 나간다. 그 심화시켜 나가는 여정이 바로 하느님을 만나는 시간이다. 우리는 그 시간 안에서 신비로움을 체험하게 되고, 그 신비 체험 안에서 생각함이 점차 고차원적으로 변하게 된다. 이런 것들이 이뤄질 때 우린 생각함을 넘어 신비감 안에서 그분과 대화가 가능해지는 것이다.

우리는 이런 신비함 안에서 일상을 넘는 체험들을 만나게 되는데, 이를테면 예수님이 보여 주신 기적들이 그런 것들이다. 예수님이 첫 기적을 이루신 가나의 포도주의 기적에서부터 죽은 나자로를 살리시는 그런 기적까지 말이다. 그런데 예수님은 인성과 신성을 동시에 가진 분이셨기에 우리가 그분의 행적의 차원까지 나아가지 못함이 있다. 그렇다면 무엇으로 우린 그것들을 맛볼 것인가? 이냐시오 성인은 까르도네 강가에서 아들 예수를 안고 오시는 성모님을 만남으로써 자신의 영적 체험을 신비 차원에서 나눠 주셨다. 그 결과로 끊임없이 신비로운 체험이 지속되었고, 자신의 영적 양식과 몸의 신비도 깨달았다고 한다. 토마스 아퀴나스 성인도 그 방대한 신학대전을 써 놓고 생각함과 기도 안에서 신비체험을 함으로써, 자신의 작품들이 한낱 밀짚더미에 지나지 않음을 인정하면서 생각함의 심오함 안의 영적 신비체험이 얼마나 소중한 것인가를 드러내 보였다.

생각을 심화시키는 것은 그만큼 소중하다. 생각함의 차원이 날로 깊어감으로써 신비의 차원에 다다르면 우린 거듭남이 무엇인지를 알게 되고, 성스러움, 신비감, 영적 여정의 행복, 성령에 싸여 살아감이 무엇인지를 알게 될 것이다. 이 모든 것의 시작이 생각함으로부터 오는 것이기에 우린 생각함 자체를 소중히 여겨야 하고, 생각할 수 있는 능력을 주심에 항상 감사해야 할 것이다.

무엇에 미칠까?(不狂不及)

'불광불급(不狂不及)' 이란 말은 미치지 않고서는 원하는 것에 도달하지 못함을 의미한다. 광란의 밤을 보낸 사람들은 안다. 언제 시간이 지났는지 모르는 사이에 시간이 지났음을, 광란의 장소에 있음으로써 안다. 여기서 우리는 긍정과 부정의 사이를 나름대로 볼 수 있는 안목이 있어야 할 것이다. 그리고 식별의 결론으로 광적인 상황에까지 올인할 수 있는 그 무엇인가를 발견하고, 실제로 올인하는 사람에게 주어지는 선물이 바로 행복이라는 것을 깨달아야 할 것이다.

이런 이야기를 하면 이해할 수 있을까? 조금은 조심스럽다. 그러나 인생은 어차피 광란의 삶을 살지 않고는 다른 사람과 차별화되지 않기에 이야길 해 보고자 한다. 사람들을 세 타입으로 구분할 수 있을 것이다. 첫째는 쓰레기 같은 인생을 사는 광적인 저질의 사람이고, 둘째는 너무 평범하기에 그 사람이 있는가 할 정도의 그냥 너무 보통 사람이 있을 것이다. 셋째는 너무 특이해서 말이나 행동을 보는 순간, 저건 아니지, 아니면 아! 하고 탄생을 지를 수밖에 없는 그런 사람이 있을 것이다. 그들 모두는 나름대로의 인생을 설계하면서 살아가는 것을 볼 수 있다.

광기 중에는 저질의 광기도 있지만 역으로 고차원적인 광기도 있다. 저질의 광기는 참으로 지저분하게 살아서 자신의 생명을 단축시키지만, 고차원적인 광기는 영혼에 불을 살라 살기 때문에 자신의 시간을 초집약시켜 산다고 표현하는 것이 옳을 것이다. 물론 이렇게 표현하면 이건 또 뭐야 할 수도 있을 것이다. 우리는 천재성을 가진 사람들이 왕왕 요절을 하는 경우를 볼 수 있다. 그런 분들의 삶이 바로 초집약적인 삶을 산 것이라고 이야기할 수 있을 것이다.

이를테면 이상 시인의 경우가 그렇다고 볼 수 있다. 그리고 우리의 성인 김대건 안드레아 신부님도 바로 그런 삶을 사셨다고 이야기할 수 있다. 예수님 또한 자신의 모든 것을 바쳐 새 세상의 도래를 위해 하늘의 꽃이 되신 분이시다. 그 하늘의 꽃으로 피어나서 하느님의 아들이 되셨고, 그 안에서 희망을 안겨 주신 분이시다. 그러기에 예수 그리스도의 꽃은 영원히 시들지 않는 것이다. 광적인 삶이란 남이 살아 내지 못하는 그런 삶을 평범함 안에서도 살아 내신 분들이다. 이런 차원에서 광적인 삶과 일반적의 삶이 가져다주는 결과의 차이는 가히 하늘과 땅 차이라 아니할 수가 없겠다.

우리는 어떤 삶을 살아왔는가를 되돌아보아야 한다. 그 이유는 과거를 봄으로 해서 현재와 미래를 예측할 수 있기 때문이다. 내가 살아 내지 못하는 것을 자식들에게 살아 내라고 요구할 수는 있을지 몰라도, 그 요구대로 어떤 결과물들이 나올 수 있다고 생각한다면 그것은 큰 오산이다. 아비로서 초집약적인 삶을 살아가지 못하는데 자녀들이 그렇게 살아 낼 수 있을까? 미안하지만 어림도 없는 이야기이다. 그러므로 이 시점에서부터라도 나를 깊숙이 들여다보자. 무엇이 나를 광적으로 살지 못하게 하며, 나는 어째서 올인할 그런 메리트를 찾지 못하는 것인지를 말이다. 여기에서 더 중요한 것은 내가 변화되지 않으면서 타인의 변화됨을 구하지 말자는 것이다. 내 변화 안에서 타인의 변화는 쉽게 이루워질 수 있으나, 타인에게만 요구하는 변화는 결코 쉽지 않음을 말이다. 그것도 단순한 차원의 변화가 아니라 참으로 미쳐 올인할 수 있는 그런 변화 말이다. 이 더운 여름에 그것을 찾아낼 수 있는 사람이라면 올 여름의 무더위는 그대로 날려 버릴 수 있지 않을까.

누구를 위해 먹혀야 하나?

참 사람을 만나 인간이 되어 가나 했는데, 인간이 되는 것이 이렇게 힘든 것인가 하니 참 그렇다. 뭘 몰랐던 시절 예수라는 분에게 빠져 소주잔 기울이며 담배 빡빡 피우면서 '저 양반이라면 날 사람 만들어 주실 텐데' 하던 그 시절이 그립다. 사람은 힘들면 다 그런 것인가? 사업을 하려면 속내를 보이지 말라고 했는데, 글쎄 어떤 것이 속내이고 어떤 것이 하느님이 주신 마음인지 아리송해 속을 흔들지 않을 수가 없다. 인간이 안 된 자체로 인간이 된 척하려니 그게 그렇게 쉽게 되는 것이 아닌 모양이다. 그냥 난 인간이 안 되는 놈인가 하자니 서글프고, 그렇다고 아닌 걸 그렇다고 하자니 그건 더 우스워 보이기에 하는 말이다.

시작을 했던 그 초심으로 가본다. 부처에 미치고 예수에게 미쳤던 그 시절이 좋았다. 지금은 아는 것 같지만 들어가면 들어갈수록 더 알 수 없으니 어찌 안다고 이야기 하리오. 차라리 모른다고 하는 것이 참으로 옳다고 아니할 수가 없다. 인간이 알면 얼마나 알겠는가? 그분을 제대로 알지 못하면서 뭘 안다고 폼 잡을 수 있겠는가 말이다. 인간은 어차피 만 1년이 되기도 전에 거짓행동을 할 수 있다고 한다. 그렇다면 태어나 무엇을 알아가기 전의 1년여 남짓과, 죽기 전

'아! 이제 다시 아버지의 품으로 가는가' 할 때의 몇 개월 또는 몇 시간이 참으로 순수한 영혼을 유지하는 것이 아닌가 싶다.

그러기에 우린 그냥 먹혀져야 하지 않겠는가? 그런데 먹히는 것도 제대로 먹혀야 한다. 마귀에게 먹히는 꼴이라면 먹히지 않는 것이 훨씬 좋다. 먹히려면 예수님이 먹혔던 그런 방식을 택하여 먹혀야 할 것이다. 그렇지 않다면 먹히지 말고 기도하고 식별하고 올바른 답이 나올 때까지 기다려야 한다. 이냐시오 성인은 식별에 있어 충분히 숙고할 것을 말씀하셨고, 자신의 마음이 불편한 상태에선 절대로 어떤 결론이나 결정을 내리지 말라고 하셨다. 왜냐하면 불안하고 불편한 상태에서 어떤 결정을 내린다면 십중팔구 마귀의 유혹에 넘어간 시점에서의 결정이 된다는 것이다. 그런 상태에서의 결정은 순수한 의미의 먹힘이 아니라 마귀에게 자신의 영혼을 파는 것과 다름이 없다는 것이다.

그럼 참으로 먹히는 것은 무엇인가? 예수님을 그대로 살아 내는 것이 제대로 먹히는 것이다. 제대로 먹혀 주는 사람에게선 향기가 난다. 예수님께서 세례를 받으시고 물 위로 올라오셨을 때 오색찬란한 향기가 그분과 그분이 계신 주위를 흠뻑 적셨다. 광야체험을 하셨던 그때도 역시 천사들로 하여금 그 광야를 축복의 장소로 만들어 마귀들을 물리치는 영적 향기를 그 주위에 다 발하셨다. 그리고 첫 사도직을 행하시던 날에는 혼신을 다하여 사도직을 행하시고, 백성에게 먹히는 것으로부터 오는 천상의 향기가 무엇인가를 제대로 보여 주셨다. 그리고 영적 체험의 장소인 타볼산에서는 하늘 문을 열고 모세와 엘리야를 내려오게 하는 가운데 뭐라 표현하기 어려울 만큼 천상 드라마의 향기를 가득 드러내셨다. 예수님의 향기의 절정은 뭐니뭐니 해도, 참으로 먹혀 주신 당신의 죽음을 통해서 하늘과 땅이 만나고 죽은 영혼들이 다시 살아나게 하신 것이다. 그로 인하여 살아 있는 영혼들까지도 변화를 통해 천상의 향기를 발하게 하셨다. 그리고 이 세상에 없었던 천상 향기의 양식을 세상에 접목시킴으로써 죽어 있던 제자들의 향기를 다시 발하게 하셨고, 부활의 꽃이 향기를 발함으로써 예수님이 우리에게 먹혀 주신 진정한 향기의 근원을 알게끔 하신 것이다.

그러기에 우리가 먹히려면 그분을 흉내내는 것이 아니라 그분의 향기를 그대로 살아야 한다. 그것이 쉬운 것은 아니지만 그 삶을 살아 내는 사람은 예수 그리스도의 향기를 몸과 영혼으로 드러내게 됨을 우리는 알아야 할 것이다.

길에도 여러 종류의 길이 있는데, 어떤 길을 가는 것이 훗날 잘 간 길이라고 할 수 있을까? 희망의 길을 간 사람이 있는가 하면 좌절의 길을 간 사람도 있을 것이고, 사랑의 길을 간 사람이 있는가 하면 분노의 길을 간 사람도 있을 것이다. 그러나 처음부터 나쁜 길이란 없었을 것이다. 사람들은 모름지기 누군가 역사 안에 만들어 놓은 그 길을 갈 뿐이다. 물론 탐정이나 탐험가처럼 모험심이 강해 처음 그 길을 가는 사람들도 있지만, 유구한 역사를 거슬러 올라가다 보면 처음이라고 생각했던 그 길도 누군가가 다녀간 길일 것임이 분명하다. 그러기에 길은 있었던 길이라고 하는 것이 옳을 것이다. 만의 하나 이 모든 것을 부정하고, '아니야 이 길은 오로지 내가 처음 가는 길이야' 하는 사람이 있다면 그 사람은 하늘을 모르는 사람이라고 생각한다. 자기 이전에 누군가가 그 길을 만들면서 갔음을 깨달으면 좋겠다. 그 누군가는 바로 예수일 수도 있고, 석가일 수도 있으며, 노자나 공자일 수도 있다. 오솔길을 걸으며 이 길을 어떤 사람이 갔었을까 생각하며 걷는 것 또한 의미가 있으리라고 본다. 그냥 무턱대고 걷지 말고 자신이 가는 길에 의미를 부여해 보자.

이를테면 예수님이 가셨던 길이라면 그분이 얼마나 사람들에

게 사랑을 나누며 가셨던 길인가를 관상의 눈으로 보면 더 유익할 것
이다. 그리고 석가모니께서 가신 길을 갈 때는 보리수나무 밑에서 얻
은 깨달음의 경지가 어떤것이었는가를 명상 안에서 헤아려 보는 것도
아주 대단한 의미가 있으리라 생각한다. 어디 그것뿐이랴. 공자의 인
(仁)의 길을 걸으면서는 그 인이 어느 정도의 깊이를 내포하고 있는
지, 산 높이나 바다 깊이에 비유하면서 걸어감도 참으로 의미 있는 길
을 가는 것이라고 보여진다. 동시에 노자의 도에서 도덕경을 읽으며
간다면 세상의 위치를 더 자세히 알아 가는 그런 길을 가게 될 것이
다. 이런 차원에서 노자의 도의 길을 조금 자세히 살펴보기로 하자.

기원전의 중국은 춘추전국시대로, 마치 오늘의 세계와 유사했
으며 많은 사상가들이 출현했다. 그 중의 한 사람인 노자는 세상을 호
령할 만큼 출중한 인물이었다. 그는 오늘날과 같은 세상의 무지몽매
한 모습을 보고 통탄한 나머지, 오천 자로 된 '도덕경(道德經)'을 저
술하여 좌절하고 헤매는 인류에게 구원의 길을 제시했다. 노자의 사
상은 대략 다음과 같다.

'인간은 절대로 자연을 정복할 수 없다. 자연은 어떤 이의 손으로
만들어질 수 있는 것이 아니다. 그렇다고 신이 만들었는가에 대해서는
아니라고 답한다. 스스로 그렇게 될 수밖에 없어서 그렇게 되었고, 그
렇게 존재하는 것이며, 그래서 변화하는 것이라고 말한다.'

'스스로 그렇다' 그것이 바로 진리이며 원리라고 한다. 아무리
뛰어난 과학적 업적이 있다 해도 그것 또한 자연의 도 속에서 그렇게

되는 것이며, 인간과 만물은 도를 떠나 존재할 수도 없고 행동할 수도 없다는 주장이다. 그럼에도 불구하고 인간은 자신의 힘으로 무엇이든지 할 수 있다고 착각하는 가운데 온갖 오류를 범하므로써 영원함과 세상의 조화로운 삶을 파괴하고 있다. 인간이 이기적인 가운데 자의적으로 저지르는 가장 큰 잘못이 있는데 그것은 인위적인 정치와 전쟁이라는 것이다.

사람이라도 다 같은 사람이 아님을 노자를 보면 바로 알 수 있다. 물론 동양사상은 천의 개념, 즉 하늘과 하느님의 사상이 약한 그런 때일 수도 있었고 감히 인간이 천에 대해 논하기 어려워 그랬으리라 보지만, 노자가 세상을 바라본 관점은 현대인들도 혀를 찰 만큼 대단함이 있었다. 노자도 인간이었기에 세상의 출현에 대해 자연은 스스로 그렇게 된 것이라고 표현한 부분은 좀 안타깝지만, 종합적인 차원에서 보면 노자가 엉망진창인 세상에 올바른 길을 제시함과 동시에 잃어버린 빛을 다시 환원시킴으로써, 사람들에게 희망을 제시한 것은 분명하다. 역사 안에서 어려움이 존재할 때마다 커다란 빛으로 새롭게 길을 안내해 준 예수, 석가, 노자, 공자와 같은 분들께 감사하지 않을 수 없다. 우리가 성현들의 모습은 볼 수 없다 할지라도 하루를 살아가는 안에서 내 가족과 이웃에게 빛으로 나가는 길을 제시한다면 얼마나 세상이 아름다워질까 생각해 본다. 소박한 길의 제시가 쌓이면 나 또한 성인이나 성현의 길로 들어설 수 있음을 잊지 말자. 이냐시오 성인도 성인이 되는 꿈을 처음부터 꾼 것은 아니었다. 자신이 크게 아픔을 겪으면서 성경과 성인열전을 읽고 같은 사람들이 이렇게나 많이 성인이 되었는데 나라고 안 될 것은 무엇인가 하며, 프란치스코

성인과 아우구스티노 성인을 떠올려 자신도 그렇게 될 것을 하느님께
봉헌하면서 실제로 성인이 되신 것이다. 길은 이미 다양한 양식으로
다 제시되어 있다. 다만 내가 어떤 길을 선택하여 그 길을 가느냐에
달려 있음을 깊게 보자. 그리고 온 길이 시원치 않았다면 한 번 그 길
을 온전히 수정하는 것도 괜찮다고 본다. 하느님께 바른 길을 선택할
수 있는 용기와 지혜를 주십사 간구드리자.

고뇌 속에 만난 하느님

　　아침이다. 기분이 쌈박해야 하는데 그러하질 못하다. 한편으로 걱정을 해 보지만 그게 다 무슨 소용일까 생각하며 성호를 긋는다. 기도를 마치고 대문을 나서는데 제법 바람이 선선하다. 아! 가을이 와 있음을 잊고 있었다. 투덜댈 틈도 없이 시간은 제비처럼 날아가 버린다. 예수님과 예수님의 공동체도 이렇게 살았을까 생각하니 좀 부끄럽다. 그분들이야 그렇게 생각할 틈이 있었겠는가 하는 생각이 든다. 결국 인생은 유수와 같은 세월을 거슬러 올라가는 것인가 보다.

　　이런 생각 끝에 고뇌 속의 나와 하느님을 보게 된다. 하느님도 이렇게 많은 고뇌를 하실까? 안 그럴 것이란 생각이 들기도 하고 반대로, 당신 자신의 고뇌보다는 세상사의 어려움을 들어주시고 해결해 주시느라고 고뇌에 차 계실 때가 꽤 계실 것이라는 생각도 든다. 그러면서 드는 생각이 ‘그래, 그래도 바쁘고 고뇌에 젖을 때가 행복이야, 그나마 고뇌할 거리도 없는 사람은 무슨 낙으로 살까’였다. 당장 이 시간이 너무 고마워 눈물이 바람을 스쳐 지나간다. 이럴 때면 하느님이 너무 고마워 찬미와 감사를 드리게 된다.

　　니체는 자신의 인생을 이렇게 노래했다. “인생의 목적은 끊임

없는 전진이다. 그 길에는 언덕도 있고 냇물도 있고 진흙도 있다. 걷기 평탄한 길만 있는 게 아니다. 바다를 항해하는 배가 풍파를 만나지 않고 안전하게만 갈 수는 없다. 풍파는 언제나 전진하는 자의 벗이다. 고난 속에 인생의 기쁨이 있다. 풍파 없는 항해, 이 얼마나 단조로운가? 고난이 심할수록 내 가슴은 뛴다.” 역시 인생은 도전과 응전(應戰) 속에서 고뇌하는 가운데 고난을 만나고, 그 고난의 난관인 터널 속을 다 지나갈 무렵 희열을 느끼는가 보다. 니체가 노래하는 것이 무엇인지를 나름대로 느낄 수 있어 좋고 고마운 시간이다.

다시 산더미처럼 다가오는 일과 사람과 수많은 사건들이 있지만 그래도 기쁜 것은 그분은 나처럼 내게 다가오는 것들을 대하지 않으셨다는 점을 발견한 것이다. 고난과 고뇌는 누구에게나 수시로 찾아오는 것들이다. 오는 것 막지 말고 가는 것 잡지 말라고 했던가? 물 흐르듯 상대방에게 적절하게 맞춰 가며 살아온 세월이 아니었던가? 그리고 그분의 공동체도 그렇게 살지 않았던가? 물론 도저히 안 되는 것 앞에서는 그분도 발로 차고 뒤엎고 하긴 하셨어도, 그건 더 이상 자신의 존재가 세상과 타협해서는 안 된다고 느끼셨기 때문이었으리라. 그런 날이 나에게도 오겠지만 그것이 아니라면 ‘까짓것!’ 하며, 나의 고뇌와 고난의 시간을 그분의 영역 안으로 접목시키는 것도 좋은 방법이라는 생각이 든다.

꼭 쥔 깍지 사이로 들려오는 소리가 있다. “그래, 아무리 어려워도 그분 곁을 떠나지 마라.” 그럼 그분께서 어떤 고난이나 수난도 다 극복하고 이기게 해 주실 것이라는 확신이 보인다. 이 소리 속에

묻어져 나오는 것이 있으니 기쁘다. 무거웠던 어깨가 다시 가벼워짐은 바로 주님의 은총이다. 이렇게 거저 얻어지는 은총도 큰데 우린 어쩌자고 빈 창공을 향해 삿대질을 해대는가? 그렇다. 인생은 어차피 거친 파도와 싸우는 것이다. 그 거친 파도 위에서 평안히 잠을 주무실 수 있었던 예수님처럼 세상을 제대로 볼 수 있는 안목이 있을 때, 우린 고난과 고뇌의 시간들을 참기쁨과 행복으로 바꿔 놓을 수 있을 것이다.

큰 변화가 일어나길 원하는가?

기적을 바라느냐? 그럼 예수님이 어떻게 기적을 행하셨는지를 똑바로 보라. 그분은 우리에게 자신의 십자가를 제대로 지고 따를 것을 권고하신다. 세상에 공짜가 없듯이 기적이라는 초월적인 세계로의 여행은 간단히 이뤄지는 그런 것이 아니다. 그러나 예수님을 제대로 따라갈 수 있는 사람이라면 종극엔 기적도 행할 수 있게 될 것이다. 그건 자신의 능력이 대단해서가 아니라 그분의 능력에 의해 얻어지는 것이기에, 우린 정확하게 예수님의 세계 안으로 들어가면 되는 것이다.

예수님은 우리와 아주 별다른 종의 형태를 취하셨을까? 절대로 그렇지 않다. 우리와 똑같으시지만 하느님의 아들로 오신 영역이 다른 것이다. 그러나 그것 때문에 기적을 그렇게 확실하게 행하셨다기보다, 자신의 몸을 사리시지 않고 하느님 나라와 이웃의 구원을 위해서 자신의 능력 이상을 발휘하셨다. 그 결과의 극치가 보통 사람들이 할 수 있는 것 이상의 것을 서슴없이 하시게 한 것이다. 즉, 한계를 넘을 수 있는 능력이 하느님 아버지로부터 오는데 그 영역 안으로 스스럼 없이 들어가신 분이 바로 예수님이시다. 그 한계를 넘어 초월의 세계로 들어가셨기에 기적은 그분을 통해 현현된 것이다.

얼마나 많은 사람들이 과연 자신의 몸을 온전히 내놓을 수 있을까? 그것도 하찮은 사람들을 위해서 말이다. 예수님은 바리사이파 사람들과 율법학자들이 자신의 말과 행위에 대해 시비를 걸기 위해 두 눈을 부릅뜨고 지켜 보고 있음에도 불구하고, 눈 하나 깜짝 하지 않으신 채 당신이 해야 할 일을 다 수행해 나가셨다. 유대 율법을 정면에서 받아치시면서 하느님의 정의를 확 바꿔 놓으셨다. 누가 그렇게 자신이 맞아 죽을 것을 뻔히 알면서 그렇게 할 수 있단 말인가? 그렇게 하실 수 있는 분이셨기에 그분 안에서는 그대로 기적이 일어날 수 있었던 것이다. 안식일에 손가락 하나 까딱하지 않는 사람들에겐 청천벽력이었으리라. 그러나 예수님 편에선 너무나 당연한 것이었다. 그건 하늘나라의 모습을 아주 자연스럽게 드러내 주신 것이라고 본다. 그러므로 나는 이렇게 외치고 싶다. 기적을 이루길 원한다면 예수님을 그대로 따라가 보라. 그러면 초월의 세계의 길에서 기적도 다 이뤄질 것이다. 이런 차원에서 우린 주일의 개념을 다시 정립시켜야 할 것이다.

우리는 이미 현대의 놀이와 쉼과 안락함에 젖어 주일을 귀찮은 대상으로 여기게 되었다. 특히 주 5일제 근무가 되고 나서는 더 그렇게 되어 버렸다. 우린 이런 안일함으로부터 일탈할 수 있어야 한다. 예수님의 영적 영역인 기적의 영역으로 들어가려면, 우선 주일을 의무가 아닌 권리로 여겨야 하며 더 나아가 내가 영적 여행의 시간을 되찾는 보화로 만들지 않고서는 안 될 것이다. 주일은 참으로 복된 시간이다. 쉼의 시간임과 동시에 한 주일 동안 마음에 낀 녹을 닦아 내는 시간이기도 하다. 세속에 살면서 마음에 녹이 끼지 않는 사람이 몇이나 있을까? 그렇기에 우린 기와를 갈아 명경이 되게 하듯 우리 마음을 주일날에 정화시켜야 한다. 그렇게 하는 시간이 쌓이면 쌓일수록 예수님이 주일에 행하셨던 기적들이 내 안으로 들어올 것이다. 동시에 이 기쁨이 축적되는 사람은 기쁘게 어떤 어려움도 봉사로 봉헌할 수 있을 것이다. 이 영역이 바로 예수님이 기적을 행하게 하신 영역임을 기억해 보자. 그것이 바로 우리가 하느님을 닮는 일이다.

생명의 은인

‘생명의 은인’ 하면 과거에 겪었을 한 장면을 떠올릴 수도 있을 것이고 당시에는 잘 몰랐어도 지나고 나서 생각해 보니, ‘아 그때 그분의 도움이 없었더라면 지금의 내가 있을까?’ 하고 심연에서의 반추를 종종 기억해 낼 수도 있을 것이다. 인생을 살면서 그런 과거가 없는 사람이 있을까? 아마도 정도의 차이는 있어도 대부분은 그런 기억이나 경험들을 지니고 있을 것이다. 예를 들어 막장의 사람들이 자신의 생명을 구하기 위해 카나리아라는 새와 함께 막장에 들어가거나, 바닷속을 여행할 때나 혹은 작전을 수행할 때 잠수함 대원들이 산소의 결핍을 미리 예견해 주는 토끼를 자신들의 생명의 은인으로 활용하곤 하는 것들을 보자. 그런 일들은 이미 오래 전부터 알려진 일이다. 이런 경우는 보이는 현상계 안에서의 구체성과 미리 준비된 은인의 영역이지만 보이지 않는 영역에서의 은인이 엄청나게 많음을 알 수 있다. 이것이 바로 영적인 영역이라고 할 수 있을 것이다.

현실에서의 예언자적인 도우미는 바로 은인적인 역할을 할 것이다. 〈25시〉의 작가 게오르규에 대해 잠시 이야기해 보자. 그는 작가 이전의 직업이 잠수함 승무원이었다고 한다. 그러기에 그는 상황의 긴박함이 무엇인지를 어느 작가보다 더 예리하게 서술할 수 있었고, 예언자적인 역할을 누구보다도 잘 할 수 있었다고 본다. 그는 늘 긴장하는 가운데 잠수함에 올랐고, 그 습관은 작가시절에도 그를 긴장과 예언자적인 날카로움을 갖도록 했을 것이다. 즉 함께하는 사람이나 동물에게 직간접적인 상황이 때론 해가 되기도 하지만 대부분의 경우는 은인의 역할을 하게 되었다는 것이다. 그것이 바로 잠수함 속의 토끼와 잠수함에 탄 대원들이다. 토끼가 사람보다 약하기에 토끼가 건강하면 아무 문제가 없지만 토끼가 비실거릴 경우, 상황은 비상사태이기에 그것을 파악한 감시원이나 함장은 재빠르게 수면 위로 잠수함을 올려야 하는 것이다. 여기서 토끼는 예언자적인 안테나 역할을 하는 것이다. 우리 주위엔 이런 토끼와 토끼를 지키는 이들이 반드시 필요하다.

과학과 경제가 세상 높은 줄 모르고 하늘을 향해 줄달음을 치는 것에 대한 경고로서의 예언자적 역할은 누가 할 수 있을까? 구약에 보면 바벨탑을 쌓던 인간이 어떻게 하느님께 벌을 받았던가? 우리는 신화나 전설 같은 이야기이지만 그 내용을 그냥 관과할 수는 없다. 왜냐하면 분명히 그런 사건은 지금 현실에서도 일어나고 있기에 하는 말이다. 산 정상의 내리막길에서 브레이크가 파열되었다면 어떤 현상이 일어날 것인가는 재빨리 예측하고 긴장하며 대비하지 않으면 안 된다. 심지어 그 짧은 시간일지라도 자신을 정리하지 않으면 안 될 상황에까지도 다다를지 모른다. 지금 벌어지고 있는 일이지만 피부에 확 와닿는 것엔 민감하게 반응하나 서서히 다가오는 것에 대해 둔감함을 누가 책임지랴. '그래, 내 시대엔 그런 것 걱정하지 않아도 된다'라고 한다면 그것보다 더 무책임한 것도 없으리라. 기왕 사는 것 하늘을 우러러 한 점 부끄럼 없이 사는 우리로 거듭나야만 적어도 위기를 맞을 때, 우리를 위해 수호천사로 오시는 분이 계실 것 아니겠는가 싶기에 하는 말이다.

　빈자로서 하느님 편에 사는 사람들에겐 두 가지 측면의 예언이 가능할 것이다. 우선 하느님께서 너무 사랑하셔서 어떤 사건을 통해 바로 당신 곁으로 데려가는 사람들이 있을 것이고, 또 하나는 그 사람을 통해 하느님의 예언자적 필요성이 더 요구되기에 시련을 몇 번이고 되풀이하면서까지도 그 사람을 통해 당신을 드러내시는 그런 경우도 있을 것이다. 교회의 성인들로 말한다면 첫째는 아주 단명을 살더라도 하늘에 피로써 한 송이의 꽃을 피우기에 영원히 지워지지 않는 그런 분들일 것이다. 대표적인 예가 김대건 안드레아 성인이시다. 두 번째는 이미 고인이 되셨지만 만수를 사시면서 세상의 잣대로서 그리고, 예언자로서 사신 분들이시다. 요한바오로 2세 교황님과 베드로 아루페 예수회 총장님, 그리고 마더 데레사 수녀님을 이야기할 수 있을 것이다.

　이분들의 삶은·쉽게 생명의 은인이라고 이야기하기가 어려울지 몰라도 하느님 편에서 보면 세상을 향해 하느님을 가장 많이 도와 세상과 세상 사람들을 온전히 살도록 하신 것이 분명하다. 우리는 이 영역을 우리 자신들이 잘 볼 수 있는 영적인 마음을 확실하게 가져야 할 것이다. 그때 비로소 식별의 안목이 생겨 어떤 역이 생명의 은인인지를 깨달으리라. 그런 가운데 확연하게 드러나는 생명의 은인과 은은하게 자신을 서서히 불태우면서 세상의 은인이 되신 분들의 모습도 제대로 볼 수 있을 것이다. 그때 세상은 더 밝은 모습으로 우리와 다음 세대에게 밝음과 맑음의 비전을 제시할 수 있으리라 믿는다. 이것이야말로 나 또한 생명의 은인을 탄생시키는 데 일조하는 것임을 마음 깊이 새기자.

빚어짐과 만들어감

모든 사물은 빚어짐과 동시에 만들어감 안에 있다. 누구나 빚을 수는 있으나 혼을 불어넣는 일은 아무나 할 수 없다. 그렇기에 우리는 하느님을 찬미해야 마땅함이 여기에 있다. 만든 것은 하느님이시다. 키워 가시는 것도 역시 하느님이시다. 그러나 키워 가시는 그분 곁에 우린 우리가 해야 할 일들을 착실히 하지 않으면 안 된다. 그것이 무엇인가? 일은 내가 하고 그것에 대한 평가와 축복, 그리고 열매를 맺게 하는 영역은 바로 하느님께서 하신다는 말이다.

작가가 피땀을 흘려 작품을 만들어 자신의 품을 떠나보낼 때까지의 수고스러움을 타자(他者)는 쉽게 이해하기 어려울 것이다. 예로, 큰 통나무를 가지고 예수님의 형상을 깎아 내려 간다고 할 때 단숨에 예수님을 깎을 수 있는 조각가는 그리 많지 않을 것이다. 적어도 큰 틀을 잡아야 할 것이고, 그 이후에 각 영역마다 자신의 혼신을 다할 것이다. 그리고 마지막엔 예수님다운 모습을 집어넣어야 하기에 자신의 혼을 하느님의 이름으로 불어넣을 것이다. 그런 과정 중에 얼마나 많은 고민과 생각 안에 시행착오를 해야 할 것인가는 그 작업을 해 본 사람만이 알 것이다. 이렇듯이 우리 인생 또한 빚어짐과 만들어감의 여정 안에 있는 것이다. 누구나 빚어짐과 만들어감의 영역은 잘 알고 있다고 할 수 있으나, 문제는 그 만들어지고 빚어진 것에 자신의 혼과 하느님의 영을 불어넣는 것이 쉽지가 않다는 것이다.

레오나르도 다빈치의 '최후의 만찬'은 결코 하루아침에 나오지 않았다. 그 대작을 만들기 위해 다빈치는 얼마나 많은 생각과 기도를 하고 많은 곳을 다녔을까? 나름대로 상상이 간다. 그러나 나의 작은 상상으로 대작을 만든 다빈치의 생각을 따라갈 수 있겠는가. 이렇게 예수님을 그리면 됐을까? 유다는 어떻게 그려 넣을까? 그냥 외모만 그려 넣으라면 그리 어렵지는 않았을 것이다. 예수님다운 영의 모습, 일그러지고 파괴되어져 가는 유다의 망가진 영혼을 그려 넣으려니 얼마나 힘들었을까? 그래도 다빈치는 완성을 했고 사람들은 감동했다. 그리고 한 폭의 그림 안에서 예수님과 함께 했던 제자들을, 우리로 하여금 관상이나 묵상할 수 있도록 도와주었다. 얼마나 고마운 일인가. 그러나 정작 본인은 그걸 완성하기 위해 얼마나 많은 밤잠을 설쳤을까? 그리고 마지막으로 다빈치는 그 그림 안에서 생명이 살아 움직이고 하느님이 살아움직임을 드러내고 싶었을 것이다. 그렇기에 예수님으로 하여금 성령이 그 화폭 안에 내리길 기도했으리라. 그래서 우린 그 그림을 성화라 하는 것이다. 대신 자신의 몸은 만신창이가 되었어도 말이다.

빚어짐과 만들어짐 안에서 우린 우리의 혼과 하느님의 영이 일치되는 것이 무엇인가를 알아야 한다. 그 안에 참생명이 드러나기 때문이다. 그런데 그 과정 안에서 다빈치는 천국과 지옥을 몇 번이나 다녀왔을까 생각하니, 세상에 그냥 이뤄지는 것도 없지만 안 이뤄지는 것 또한 없다는 느낌이 든다. 실망하는 사람들이여! 좌절하는 사람들이여! 다빈치의 대작을 보며 그가 겪었을 어려움도 함께 그려 보라. 그리고 나에게도 어려움이 있다면 고지가 바로 앞에 있고 내가 하고자 하는 것이 이뤄지고 있음을, 그분을 바라보면서 희망을 가져라. 넘어졌다면 반드시 일으켜 주실 것이고 칠흑이라면 다시 태양이 떠오르게 해 주실 것이다. 그렇기에 그분은 우리가 넘어지면서도 따라갈 수 있는 분이시다. 동시에 그분 안에서 빚어졌기에 우리는 만들어져 가고 있는 것이다. 그리고 종내는 그분께서 우릴 완성시키실 것이다.

성공하고 싶은가?

성공하고 싶은가? 그렇다면 꿈을 가져라. 지금의 나는 무엇을 꿈꾸고 있는가? 꿈도 없다면 그 사람에게는 희망이 없는 것이다. 그러나 꿈이 있고, 더욱이 그 꿈이 야무진 꿈이라면 그 사람에겐 희망이 있는 것이다. 내가 청년이던 시절엔 10년이면 강산도 변한다는 이야기를 종종 했었다. 그러나 오늘날에는 10년이 아니라 5년에 한 번씩 강산이 변화하는 것이 아닌가 싶다. 특히 이웃나라 중국을 보면 10년이 아니라 5년에 한 번씩 세상이 천지개벽하고 있음을 느낄 수 있다. 현대 변화의 흐름은 참으로 도시 속의 작은 전쟁이라 해도 손색이 없을 정도로 빨리 변화해 가고 있다. 이 변화의 물결에 자신을 잘 흘러가게 하면 성공이라는 소릴 들을 수 있지만 그렇지 못하면 우린 도태되고 말 것이다.

우리는 무엇을 어떻게 할 때 성공을 맛볼 수 있을까? 성공에도 두 가지 측면이 있을 것이다. 나의 외형을 키우는 성공과 내형을 키우는 성공 말이다. 외형을 키우는 것은 물불을 안 가리고 성공을 위해 뛰는 사람들일 것이다. 그러나 내형을 키우는 사람은 좀더 신중하게 접근해 가는 사람일 것이다. 물론 외형적으로 성공하는 것도 쉽진 않다. 그러나 내적으로 큰다는 것은 더 큰 어려움이 따를 수밖에 없다고 생각한다.

　성공을 꿈꾼다면 적어도 두 가지를 제대로 해 나가고 있는지 점검해야 한다. 첫 번째는 '내가 어떤 책들과 만나고 있는가?'이다. 두 번째는 '어떤 사람들과 만나고 있는가?'이다. 제대로 성공하는 사람들을 보면 그들은 굉장한 독서가임을 알 수 있다. 여기에 내적인 성공까지 함께 행하는 사람은 반드시 자신이 대하는 독서량에 영적 양식이 들어간다. 즉 성서를 읽거나 고전을 동시에 읽으며, 그 외에도 그 읽은 책의 내용을 가지고 명상을 하거나 관상, 묵상 차원까지도 한다는 것이다. 이런 차원에서 찰리 트리멘더스 존스는 이렇게 말했다. "지금의 당신과 5년 뒤의 당신의 차이는, 그 기간 동안 당신이 만나는 사람들과 당신이 읽는 책들에 달려 있다."

　그렇다. 내가 누구를 만나고 어떤 대화를 나누느냐에 따라 내가 말하고, 일하고, 행동하는 모습이 확연하게 달라질 것이다. 경제, 경영 쪽의 사람을 만난다면 돈에 대해 이야기할 것이고, 종교적인 사람들과 만난다면 깨달음에 대해 이야기할 것이며, 노는 것을 업으로 삼는 사람들과 논다면 그 사람은 노는 데는 나름대로의 노하우를 가지게 될 것이다. 이 중에 한 가지만 한다면 편식을 하는 사람이기에 성공을 할지는 몰라도 훌륭하다는 이야기까지는 못할 것이다. 그렇다면 편식이 아닌 통합, 종합시킬 수 있는 어떤 방법들을 찾아내야 하지 않을까? 물론 쉬운 것은 아니다. 그러기에 우린 좀더 노력을 해야 하는 것이다.

알렉산더, 나폴레옹, 히틀러와 같은 사람들은 인류 역사에 대단한 이름을 남겼다. 그러나 대부분의 사람들은 이 사람들을 좋아하지 않는다. 그 이유는 정복자로서 세상을 파괴하는 쪽에 자신의 인생을 다 허비했기에 좋은 귀감이 되질 못했기 때문이다. 간디, 본회퍼, 마더 데레사 같은 분들은 많은 사람들이 칭송을 하며 그들의 정신을 따르려 한다. 예수, 석가, 공자와 같은 분들은 그냥 좋아하고 따르는 정도가 아니라, 자신의 삶을 그분들의 삶에 완전히 투신시켜 가며 사는 사람들이 수없이 많다. 그들 안에 무엇이 있기에 수많은 사람들로 하여금 영원한 시간 속에서 그들에게로 향하게 하는 것일까? 그것은 변화하지만 그 변화 속에 불변의 그 무엇들이 존재했기 때문일 것이다. 그분들은 사람을 넘어 신들, 즉 절대자이신 하느님과 뜻을 함께 하는 나눔이 있었기에 그것이 가능했던 것이다. 성공하고자 하는 사람들이여! 오늘 나는 누구를 만났고, 무엇을 읽었으며, 얼마만큼의 깊이 있는 명상을 했는지 돌아보라. 그 안에 당신의 5년 후의 모습이 그대로 드러날 것이다.

줌과 남음

주어라 그러면 돌아올 것이다. 그러나 사람들은 쉽게 내어주질 못한다. 사랑을 한다 하면서도 계산을 한다. 그건 사랑이 아니다. 사랑은 조건도 국경도 없으며 그저 이유 없이 주는 것이다. 즉 계산이 필요 없는 것이 사랑이다. 사랑을 하는 연인들이 늘 티격태격하는 이유는 뭘까? 사랑이든 물질이든 뭐든 간에 계산을 하고 따지기에 그런 것이다. 참으로 내 사람이 되길 원한다면 그냥 조건 없이 주어라. 그러면 반드시 돌아올 것이다. 사람이면 충성과 사랑을 나누는 사람이 되어 있을 것이요, 물건이면 적어도 곱빼기로 돌아와 있을 것이다. 내 말을 믿고 그대로 해 보라.

장자의 잡편에 '일계지이부족(日計之而不足) 세계지이유여(歲計之而有餘)' 라는 말이 있다. 이는 하루하루 결산을 하면 부족한데, 연말에 결산을 해 보니 남았다는 뜻이다. 즉, '일계지손(日計之損) 연계지익(年計之益)' 을 말함이다. 하루하루 나눔은 손실 같아도 연말에 다 모아 보았더니 남더라는 이야기이다. 설령 우리의 삶 중에 물질적으로 손해를 보았다 해서 다 손해를 보는 것은 결코 아니라는 의미이다. 현대는 현물이 중시되는 사회라 없으면 무시당하기에 사람들은 재물이 없어짐에 무척 민감하다. 그래서 유치원 때부터 경쟁을 해야 하고 상대를 죽이지 않고는 내가 살아남기 어려운 그런 사회가 되어 가고 있다. 그럼에도 불구하고 마지막에 제대로 살아남는 사람은 누구인가? 그것은 현물로라도 친구를 만드는 사람이다.

예수님은 "오리를 가자 하면 십 리를 가 주어라. 겉옷을 달라 하면 속옷까지도 주어라. 오른 쪽 뺨을 때리면 왼쪽 뺨도 내어주어라." 하셨다. 이건 계산 차원을 이미 넘어 있다. 참 사랑이 어떤 것인가를 그대로 노래하며 살 것을 가르쳐 주신 것이고, 이것이 바로 하늘나라의 신비요 하느님의 사랑이심을 노래한 것이다.

"하느님은 사랑이시다."라고 하셨을 때 이 사랑을 어떻게 살 것인가? 고민한 적이 있었다. 기도 중에 하느님은 사랑이신데 이 사랑이 어떤 것이냐고 물었더니, 하느님은 이렇게 답해 주셨다. "한 점으로 저 바다를 다 감싸는 것이 사랑이니라." "어떻게 그것이 가능한가요?" "바로 그것이다. 너는 안 되지만 나는 되는 것이다." "어째 그것이 가능한가요?" 했더니, "그건 네가 사랑을 한다고 하면서 머리로 따지고 계산하고 있지 않은가? 그 머릴 버리고 마음으로 점을 그리고 점으로 바다를 감싸 안아 봐." 하시는 것이 아닌가? 물론 한순간에 다 얻어진 것은 아니지만, '아! 하느님의 사랑이 이것이구나' 하는 순간, 너무 기뻐 눈물이 났다. 맞다. 사랑은 따지는 것이 아니다. 그냥 좋고 가진 것이 있기에 기쁘게 주는 것이다.

시도

'Never Pray, Never Heaven'은 기도하지 않는 사람에겐 하늘나라도 없다는 뜻이다. 이 한마디가 얼마나 소중한 것인가는 죽어 본 사람은 더 잘 알겠지만, 복음에서도 이같은 내용을 얼마든지 찾아볼 수 있다. 특히 거지 라자로와 부자의 비유는 너무나 이 말에 잘 어울리는 비유이다. 우린 그 대목을 듣거나 묵상할 때, '아! 그렇다, 그러니 제대로 기도와 그 기도의 실행을 겸하며 살아야지' 하고 마음먹지만 작심삼일로 끝내는 경우가 너무 많다.

아이들이 공부 잘하길 바라면서 아이에 대한 배려가 없다면, 천재가 아닌 이상 아이가 다른 집 아이보다 공부를 더 잘할 수 없는 것은 자명한 사실이다. 그것을 뻔히 알면서도 그에 대한 대책을 세우지 않는 것도 참으로 어리석은 생각이다. 그러므로 어리석은 부모, 가정, 그리고 자녀가 되지 않으려거든 먼저 기도해야 한다. 가족이 함께 기도하는 것이 힘들다면 우선 엄마나 아빠가 먼저 시작하라. 이유야 어떻든 간에 어떤 변화를 원한다면 먼저 기도로 시작하라는 것이다. 기도를 하다 보면 영감이라는 것이 생긴다. 그 영감은 아주 오묘하고 신비로워서, 분명 나의 작은 머리로는 해결 안 되는 것들도 기도를 하다 보면 해결책이 나온다. 이것이 바로 기도하는 사람들에게 하늘이 내리는 은총이다.

　필리핀 민담에 이런 이야기가 있다. 우리가 좋아하는 과일 중에 망고가 있는데, 열대 지방에서도 값이 비싼 과일 중에 하나이다. 그리고 우리나라의 감나무에 비할 수 있고, 그 크기가 감나무보다 더 크게 자라며 튼튼하기도 감나무보다 실하다. 날씨가 늘 덥기는 하지만 유별나게 더 더웠던 어느 날, 할아버지는 일은 하기 싫고 먹기는 먹어야겠는데, 그래 장고해서 생각했다는 것이 겨우 망고 나무 그늘에 누워 달콤하게 농익은 망고가 떨어지길 기다리는 것이었다. 그렇게 마음먹은 할아버지는 아예 망고 나무 밑으로 이사를 했다. 늘 그와 같은 행동을 하는 영감이 미워진 할머니는, "하느님 아버지, 한 번만 저에게 기회를 주세요." 하고 기도를 했다. 그랬더니 기도 중에 할머니에게 응답이 왔다. "그래, 그런 게으른 할아범을 혼내 주어라." 그래서 할머니는 오물을 한 바가지 들고는 살금살금 망고나무에 올라가 정조준을 한 뒤, 입을 쩍 벌리고 있는 할아버지의 입에 오물을 명중시켰다. 영감의 일그러진 얼굴을 보는 순간 할머니는 통쾌해 했다. 그 일이 있은 후 부부의 사이가 잠시 안 좋긴 했지만, 제대로 자신을 깨달은 할아버지가 그 다음날부터는 성실한 사람으로 거듭났다는 이야기이다.

　그렇다. 우리는 늘 변화를 원한다. 그러나 어떻게 그 변화를 줄 것인가에 대해선 고민하지 않는다. 고민하지 않고는 결코 변화가 오질 않는다. 그렇기에 우린 그 변화를 위해 무엇인가를 시도해야 하며, 그 변화가 온전한 변화가 되기 위해서 기도라는 양식을 택해야 할 것이다. 왜냐하면 기도만큼 확실한 양식이 없기 때문이다. 물론 다른 양식도 다 의미가 있다. 그럼에도 불구하고 기도를 택하는 것은 그 안에 영감이라는 것이 있기 때문이다. 나의 생각을 종합함과 동시에 그 안에 살아 있는 능력을 부여해 주시기에 기도는 몇 배의 효력이 있는 것이다. 그뿐인가? 기도를 항구하게 하는 사람에겐 현세의 기쁨도 받겠지만, 내세의 기쁨이 무엇인지도 이 세상을 살면서 서서히 맛보게 되는 색다른 은총이 동반됨을 알아야 한다.

어느 분야에서든 성공적으로 결과를 내기를 원하는 사람들이여, 우선 시도를 하십시오. 그리고 지금 당장 기도를 시작하십시오. '기도하지 않는 사람에겐 하늘나라도 없다' 는 말이 있는 이면엔 '기도하는 사람에겐 작은 기적이 시작된다' 라는 말도 있음을 기억하십시오.

성서에서 만나는 하느님

이젠 주님 알았으니 무서울 것 없나이다

당신은 나는 참새 마음에도 계시고

미천하게 살아가는 질경이 꽃잎 속에도 계시며

이름 없이 흐르는 시냇물 속에도 당신은 계시옵니다

날 불러 질경이 되라 하시어도

당신 그곳에 계시기에 기쁘게 될 수 있으며

사람이 짓밟고 예리한 칼로 잘라도 거기에도 당신은 계시옵니다

비 내려 주셔 영롱한 빗물 주시면 반기며 웃었고

해님이 나의 영광 드러 내려 하면 수줍어 고개 떨궜으며

참새 메뚜기 날아와 쪼아 대도 난 당신 함께 계시기에 먹혀 주었나이다

칡범이 고약한 내음의 똥 싸 놓고 가도 당신은 그 내음 안에 계시니

늘 그곳에 함께 하겠나이다

– 이인주 詩 중... 당신 함께 계심에

자리이타(自利利他)

흔히 부부지간에 또는 부자지간에 저 사람을, 저 녀석을, 도저히 용서할 수 없다고들 한다. "무엇이 사랑하는 사람을 용서 못하게 하는데요?" 하면, 좌우간 용서할 수 없다고 한다. 무촌이기에 용서도 이유 없이 못한다는 것인지, 아니면 참으로 골이 깊어 남보다 못하기에 그러는 것인지는 몰라도 이런 상황을 맞이하면 참으로 안타깝다 못해 암담하다.

그럼 무엇이 사랑하는 사람들을 이렇게 힘들게 만드는 것일까? 궁금하지 않을 수 없다. 깨달음이 있다면 답은 간단하다. 부부간이든 부모자식 간이든 그 안에 신뢰가 깨지면 보이는 것이 없는 법이다. 즉 욕심의 마(魔)가 사람을 사람답지 못하게 만들어 버리는 것이다. 마는 사람들을 그렇게 만들기를 식은 죽 먹듯이 하는 녀석인데, 그 그물망에 걸려들었으니 무엇으로 그걸 피할 수 있으랴. 마가 싫어하는 것이 사랑이다. 그래서 우리는 사랑의 끈을 놓아서는 안 된다. 그 끈을 놓는 순간 우린 그 녀석의 노예가 되고 만다. 뒤에 펼쳐질 광경은 불을 보듯이 뻔하다. 다 나쁜 놈이고, 다 도둑놈이며, 그래서 다 죽여 없애야 한다. 진짜 그럴까? 절대로 그렇지 않다. 그러기에 마의 속임수에 넘어가서는 안 되는 것이다. 마를 이기려면 자리이타(自利

利他)의 삶을 살아야 한다.

　우린 사랑할 때 더 깊은 사랑을 만들어야 한다. 그리고 가능하다면 조금이라도 자신의 마음을 넓히려고 노력해야 하며, 자신이 좀 손해 보는 것에 대해 두려워하지 말아야 한다. 손해보는 일은 그저 조금 수업료를 낸다고 생각하면 된다. 그리고 그 수업료가 사랑에 기초한 것이라면 그 수업료는 반드시 돌아오게 되어 있음도 잊지 말자. 이론적으로는 이렇게 쉬운데 어째서 사랑하는 사람들 사이에서 그것이 되지 않는 것일까? 그것은 바로 자리이타(自利利他)의 삶을 살기가 어렵거나 그것이 몸에 전혀 익숙하지 않기 때문이다. "그런 삶을 사는 사람이 몇이나 있겠어요?" 하고 묻는 사람들이 많다. "그럼 자신을 고집하고 살아서 남는 것이 무엇인데요?" 하고 반문을 하면, "허긴, 그게 맞긴 맞아요." 하고 대답한다. 그래도 그 사람을 용서할 수는 없단다. 참으로 마에게 단단히 마음이 얽혀 있음을 볼 수 있다. 그러니 옛날 무속인들이 이런 사람들을 치유하고 돈 받는 것은 식은 죽 먹기가 아니었나 싶다.

　예수님은 무엇이라 하셨나? 자리이타(自利利他)의 삶을 더 쉽게 풀어 해석해 주셨다. "앙갚음 하지 말라." 하시면서, 이렇게 말씀하셨다. "누가 오른뺨을 치거든 왼뺨마저 돌려 대고 또 재판에 걸려 속옷을 가지려고 하거든 겉옷까지도 내 주어라. 달라는 사람에게 주고 꾸려는 사람의 청을 물리치지 말아라."(마태 6, 39-42) 이렇게 가르침을 받고 살아가는 우리들임에도 불구하고 부모와 자식, 부부간에도 이 차원은 고사하고 서로 죽이니 어쩌니 하니 이 노릇을 어찌 하면 좋을까?

　　타인의 이익을 우선하면 자신의 이익은 저절로 돌아온다는 말이 바로 자리이타(自利利他)의 삶이다. 나를 생각하기 전에 먼저 남을 생각하라. 하물며 내가 낳은 자식이고 한 이불 속에 사는 사람이라면 남이 아니므로 좀더 관대해져야 한다. 물론 남에게 뭔가를 하는 것은 더 쉬울지도 모른다. 그래도 우린 남이 아니지 않는가. 서로 싸우다 한 대 맞았다면 당연히 약이 올라 그럴 수 있다. 그래도 그렇지, 어떻게 남보다 더 못하게 사랑하는 사람들을 매도할 수 있으랴. 그렇게 되기 전에 빨리 풀어라. "글쎄, 그게 그렇게 쉬운 것이 아니란 말이에요." 하고 말하겠지만 물론 쉽다면 이렇게 부탁하지도 않는다. 고집이 세던, 약이 올라 씩씩대던, 마에 씌었던 간에 '이타(利他)'를 살아라. 그럼 거기에서 새싹이 나올 것이다. 한 이불 속, 한 핏줄은 사실 이타도 아니다. 그럼에도 불구하고 이타를 살아야 사람 구실을 하는 것이요, 사랑을 사는 것이고 하느님의 법대로 사는 것임을 오늘 똑똑히 알았으면 좋겠다.

허무 속의 진주

"허무로다. 허무! 모든 것이 허무로다."(코엘렛 1, 2)는 마치 허무론자의 이야기로 들릴 수도 있다. 그러나 이것은 인생무상을 논하기는 하지만, 인생에 있어 욕심을 내는 것이 얼마나 허무한 것인가를 제대로 깨달으라는 의미이다. 인생무상을 넘으려거든 코엘렛이 주장하는 인생의 참 진수를 화두로 놓고 깨쳐 보라는 것이다. 그건 그리스도의 사랑과 하느님 나라의 진수를 터득하지 않고는 알 수 없는 것이리라.

진시황제나 알렉산더 대왕 같은 사람들이 코헬렛을 좀 미리 접했다면 하는 안타까움이 있다. 진시황제는 자신의 죽음 앞에서 불로장생의 방법을 찾기 위해 탐라 즉, 오늘날의 제주도까지 사람을 보내어 불로초를 구하게 하였다. 그러나 모두 다 헛되고 헛된 것으로 끝난 것이 사실이다. 그것도 모자라 그는 무덤 속에 자신이 사용하던 물건과 산 사람까지 함께 장사를 지냈고, 수많은 군사의 모형을 함께 묻게 했는데 그것이 병마용이다. 진시황제가 하늘나라의 신비를 조금이라도 깨달았던들 그런 짓을 했겠는가? 이런 모습을 보면 유교나 도교 사상에 천(天)의 개념이 약함이 한탄스러울 뿐이다.

하기야 어디 진시황제뿐이랴, 서양의 알렉산더대왕 또한 폭군으로 자기 맘대로 한 것은 그와 조금도 다를 바 없다. 그래도 죽기 전에 양심은 있어 이렇게 이야기했던 것이 참으로 신기할 정도이다. "나의 장례를 치르되 손은 내 놓아라." 천하를 호령하던 알렉산더도 죽음 앞에선 헛되고 헛됨을 스스로 선언한 것이다. 자신의 묘를 보고 천하의 알렉산더도 가지고 가는 것이 없으니, 산 사람들이여 너무 아등바등 살지 말라는 엄청난 교훈을 남긴 것이다. 사람이 좀 일찍 깨달아 죽기 전이 아니라, 자신이 모든 권력을 행사할 때 그렇게 한다면 얼마나 좋으냐 말이다. 우린 지금 모든 것을 다 알고 있다. 알았는데 안 되는 것은 뭘 의미하는가. 그건 실행하는 것이 그만큼 어렵다는 의미일 것이다.

깨달음이란 '자신의 힘에 의해 모든 것이 결정됨이 아님을 아는 것'이다. 앎과 깨달음이란 자신의 노력도 있겠지만, 그 노력이란 것이 바닷가 모래 한 알에 지나지 않고 하느님의 무한하신 은총 속에서 깨달음이 가능하다는 것을 알아야 함이 아니겠는가. 그러나 은총이란 의미가 주는 것이 얼마나 넓은지, 그 은총이 한순간에 잡혀지는 것이라면 참 좋은데 그것을 잡는 것이란 하느님을 꿈 속에서 만나는 것보다 더 어려운 것인지도 모른다. 그러나 지성이면 감천이라 했던가. 나의 노력이 하늘을 찌르면 은총은 우리가 생각하는 것보다 더 포근하게 내 곁에 내려온다는 것을 반드시 믿어야겠다.

이렇게 가르쳐 주어도 또 봉창 두드리는 소리가 들리니 이걸 어쩌란 말인가? 부자는 더 부자가 되고 싶어하는 법이다. 그래서 99

섬을 가지고도 100섬을 채우고 싶어 한 섬 가진 가난한 이를 등치려 한다. 이에 가난한 이가 준 한 섬을 채워 만든 100섬을 채울 곳간이 없어, 부랴부랴 큰 곳간을 급히 짓다 과로로 쓰러진다면 100섬의 부자인들 무슨 소용이겠는가. 이미 하느님께서 부르시고 계신데 말이다. 하지만 하느님이 부르시면 다행인데 번지수가 다르니 그게 문제로다. 이때 딱 맞는 말이 바로 코헬렛의 '헛되고 헛되다, 세상만사 헛되다' 이다.

코헬렛의 헛됨을 깨달았다면 예수님의 산상수훈(山上垂訓) 중의 진복팔단(眞福八端)도 나름대로 납득이 될 것이고, 그 안에서 깨달음 또한 얻게 될 것이다. 그러니 너무 지나친 부유함에 자신을 빼앗기지 마라. 좀 가난하고 헐벗는다 해도 깨달음이 전달되어 자신의 입가에 웃음이 떠나지 않는다면 그보다 더 큰 기쁨이 어디 있으랴. 물론 입에 풀칠하기가 어려워 매일 징징댄다면 그것 또한 올바른 일은 아닐 것이다. 더도 말고 덜도 말고 하늘이 주는 기쁨에 나를 맡기며 살 수 있는 내가 되도록 깨어 사랑하자.

영적 인생

인간은 하느님으로부터 생명을 받아 살면서 적어도 두 번의 인생을 산다. 첫 번째 인생은 육적 인생이고, 두 번째 인생은 영적 인생이다. 이 시점이 천차만별인지라 사람들은 그때가 언제인지 헷갈려 한다. 그렇기에 우리에겐 영의 식별이나 분별 있는 삶이 요구되어지는 것이다. 이런 것 없이 사는 인생은 편안할지는 몰라도 참의미를 부여하며 산다고는 이야기하기 곤란할 것이다.

예수님에게 있어서 영적 인생의 여정이 어디부터냐고 묻는다면 참 어려운 질문이라고 답할 수밖에 없다. 그래도 거기에 답을 하라 하면, 그건 청년기의 완성 단계인 출가 그 무렵이라고 이야기할 수 있을 것이다. 이를테면 성모님과 싸리문을 사이에 두고 마지막 인사를 하고 세례자 요한이 세례를 베풀던 요르단 강가로 떠나던 그 시점 말이다. 그리고 세례를 받고 물에서 올라올 때 홀연히 펼쳐지던 천상의 드라마가 바로 예수님의 인생을 영적으로 전환시킨 시발점이라고 할 수 있을 것이다.

이런 차원에서 베드로 사도의 모습도 잘 포착된다고 볼 수 있다. 베드로 사도가 예수님께 엎드려 떠나 달라고 하며, "저는 죄인입니다."라고 하는 대목이 바로 베드로가 육적 인생을 마감하고 영적 인생으로 옷을 바꿔 입는 순간이다. 물론 그 이전으로 그 시점을 잡을 수도 있지만, 사실은 회심하는 그때가 바로 육적인 삶에서 영적인 삶으로의 이전일 것이다. 사람들은 영적 여행이 좋은 것을 알면서도 쉽게 그리로 이전하지 못한다. 왜일까? 그것은 자신의 벽과 영역이 있고, 그 벽 속에 자신이 최고이며, 이것을 내주면 나는 무엇인가, 아니면 내가 곧 무너질 것이라는 불안감 때문이다. 그런데 그 벽을 과감하게 부수고 천사의 날개를 달 때 우리는 육적 여행에서 영적 여행으로 나설 수 있는 것이다. 육적 여행도 그 맛과 여운이 있지만 영적 여행은 더 깊은 맛과 향이 있음을 알아야 한다. 그 맛과 멋을 조금이라도 맛본 사람들은 자신의 전 인생을 팔아서라도 그 길에 올인한다. 그럼 그 맛이 무엇인지 보기로 하자.

베드로 사도는 분명 혼인한 사람이었다. 그렇지만 예수가 어떤 사람인가를 안 후엔 자신의 전 인생을 버리고 떠날 수 있었다. 그 떠나는 과정이 쉬웠을까? 그렇지 않았을 것이다. 베드로인들 자신의 가족과 직업을 그렇게 쉽게 버릴 수 있었겠는가. 그러나 몇 가지 검증을 거치면서 그도 모르게 영적인 삶이 무엇인지를 알게 된 것이다. 사실 복음을 잘 보면 베드로도 고기잡이에 관한 한 자신이 대가라고 생각하고 있었던 것이 분명하다. 그런데 목수에 지나지 않는 사람이 와서 그물질과 고기잡이에 대해 장황하게 이야길 하니 처음엔 신뢰가 갔겠는가. 그러나 이어지는 뱃고물에서의 강의는 점차 베드로의 마음을 흔들어 놓았고 몇 차례의 만남을 통해 예수의 속내를 서서히 읽어 갈 수 있었던 것이다. 그러던 차에 예수님은 완전히 속을 뒤집는 이야길 한다. 밤새 물고기를 한 마리도 못 잡고 헤매다 돌아온 형제들에게 다시 나가서 그물을 치라는 것이다. 이때 베드로의 심정이 이해가 간다. '자기가 뭔데, 고기잡이에 대해 아무것도 모르는 사람이 번데기 앞에서 주름 잡으려 하네……' 그러나 베드로는 저분 안에 뭔가가 있다는 것을 며칠 사이에 알아 버렸다. 그러니 피곤하고 힘들고 기분도 나지 않지만 그분을 믿고 다시 출어를 한 것이다. 이 부분이 바로 자신의 벽을 허물고 육적인 사람에서 영적인 사람으로 바뀌기 시작한 시점이다.

베드로가 고기잡이의 아마추어였다면 예수님은 프로였고 프로를 넘어 달인이었다고 할 수 있을 것이다. 사실 내가 관상 안에서 본 예수님은 호수 속 물고기의 움직임을 관상 안에서 지도를 그리며 다 보고 계셨던 것이다. 그러니 베드로가 그 느낌을 받은 순간 어떻게 변화하지 않을 수 있겠는가. 천하의 베드로인들 말로만이 아니라 실행에 옮기시는 그분 앞에 엎드려 콧물 눈물을 어찌 쏟지 않을 수 있단 말인가? 이런 과정 속에서 자신의 벽이 아무리 높다 한들 어찌 아니 허물 수 있단 말인가? 자신의 허물이나 벽을 허물 수 있다 함은 분명 은총이다. 그리고 그런 은총은 그분의 힘을 입지 않고서는 불가능하다. 그런 때가 온다면 과감하게 자신을 열어 젖혀야 하고, 그래서 더 이상 내가 나를 맘대로 사는 것이 아니라 그분께서 나를 이끌어 가시게끔 해야 하는 것이다.

구하라

지혜를 말하라고 하면 이것이라고 딱 잘라 말하기 어렵다. 그래도 말을 해야 한다면 이런 것이 아닐까 싶다. 공자는 '아침에 道를 깨달으면 저녁에 죽어도 좋다' 라고 했다. 이런 것을 놓고 지혜를 말한다고 할 수 있지 않겠는가? 즉 여기에서 도(道)를 구함은 곧 지혜를 구하는 것이고, 그 지혜란 덕(德)에 나아가 얻은 사랑이라고 할 수 있을 것이다. 우리가 인생을 멋지게 살고자 한다면 물(物)에서 나오는 어떤 것을 채우는 것이 아니라 영(靈)에서 나오는 그 어떤 것을 추구해야 하지 않을까? 그 영역을 제대로 살아 내는 사람들이 바로 지혜를 구하는 사람들이다.

인간이 인간답게 살기를 원한다면 지혜의 근원을 추구하지 않으면 안 된다. 그 지혜의 근원은 무엇인가? 그리고 그 지혜는 어디에서 오는 것인가? 물론 고리타분한 이야기가 될 수도 있다. 그러나 인간 삶에 참의미를 부여하고 살기를 원한다면 어떤 방법으로든지 지혜의 샘인 그 근원을 물으며 살아야 할 것이다. 우리 하느님을 믿는 사람들에겐 좋은 양식이 있다. 그것은 다름 아닌 관상과 묵상 안에서 그분과 만나는 것이다. 한두 번의 관상이나 묵상 안에서 그 심오한 진리인 지혜나 사랑이 구해지는 것은 아니다. 그러나 인생을 살아감에 있어 자신의 목표를 뚜렷이 하고 정진한다면, 그 안에 맺어지는 결정체가 있을 것이고 바로 그것이 우리가 추구하는 지혜일 것이다.

지혜를 말하면 지혜서보다 집회서가 더 도움이 되듯이, 소크라테스보다 유스티노 성인이 더 먼저 떠오르는 이유는 무엇일까? 그것은 하느님의 말씀이 더 가까이 있기 때문일 것이다. 유스티노 성인도 공부는 나름대로 했으나 뭔가 의문이 생겼다. '참 지혜와 진리가 있기에 이런 학문들이 있을진대 그 근원을 가르치는 사람이 없으니 어쩔고?' 하고 고민에 고민을 하다가 당대의 석학들을 찾아 나섰다. 그러나 그들의 이야기는 유스티노 성인을 더 고민하게 만들었다. 이유인즉, 피타고라스학파의 사람들은 수학을 더 공부하고 오라 하고, 플라톤이나 아리스토텔레스 학파의 사람들은 철학을 더 공부하라 하고, 심지어 어떤 학파의 사람들은 그것을 알기 원하면 돈을 가져오라는 것이 아닌가. 에이, 이것은 아니지 하며 더 깊은 고민에 잠긴 유스티노는 번잡한 번뇌를 식히기 위해 바닷가를 산책하게 되었다. 그리고 생각지도 않게 다가오는 노인의 손으로부터 성서를 받아들고는, 그 안에 자신이 고민하던 모든 지혜가 다 잠자고 있음을 알게 된다. 성서 안에서 인간의 지혜는 물론 하느님의 지혜와 사랑까지 얻게 되니 이 것이야말로 천상의 선물이 아니고 무엇이겠는가? 하느님은 구하는 사람에겐 어떤 방법으로든지 다 채워 주시는 분임을 새삼 유스티노 성인을 통하여 알게 되는 대목이다.

성서에서 예수님은 구하는 사람들에겐 어떤 방법으로든지 다 그 해결 방법을 주셨다. 그런데 여기에서 가장 중요한 것은 그분과의 신뢰이다. 신뢰가 없다면 그분은 절대로 주시지 않는다. 물론 그냥 떨어지는 것을 얻어먹는 경우는 있지만, 제대로 된 것을 얻기 위해선 반드시 그분과의 신뢰가 만들어져야 한다. 마르코 복음 9장 14~29절을 보면, 간질을 앓고 있는 아들을 둔 아버지가 찾아와 예수님의 제자들에게 치유를 부탁하지만 치유를 하지 못하는 내용이 나온다. 그렇다면 왜 치유를 못하고 있을까? 예수님이 제자들에게 치유의 은사를 전수하시지 않아서일까? 아니다. 순수한 마음으로 의뢰하는 사람과 치유하는 사람의 마음의 일치, 즉 신뢰가 형성되어 그 안에 하느님께서 함께 하셔야 하는데 그것이 제대로 형성되어 있지 않은 것이다. 구하는 사람들의 신뢰와 생각이 순수해야 함에도 불구하고 그렇지 못했던 것이 원인이었던 것이다. 먼저 제자들은 치유를 놓고 논쟁을 했다. 순수하게 하느님 아버지의 힘으로 치유를 해도 될까 말까 한데, 논쟁을 하고 있으니 어떻게 치유가 이루어질 수 있겠는가 말이다. 그리고 치유를 의뢰하는 아버지도 예수님께, "이제 하실 수 있으면 저희를 가엾이 여겨 도와주십시오."(마르 9, 22)라고 하자 예수님께서 단칼에 쳐버리신다. '하실 수 있으면'이 무슨 말인가. 예수님께서, "믿는 이에게는 모든 것이 가능하다."(마르 9, 23) 하시자, 그제야 그 아버지가 대답한다. "저는 믿습니다. 믿음이 없는 저를 도와주십시오.(마르 9, 24)" 그러자 예수님께서 그 아이를 그 자리에서 치유하게 하신다. 물론 그 아이가 치유되긴 했지만 얼마나 복잡했는가. 그냥 순수하게 믿으면 쉽게 지혜와 사랑이 그 자리에 함께 하여 모든 것이 일사천리로 이루어졌을 것을 온갖 시험과 쇼를 다한 셈이 아닌가? 물론 그래서 여러 경우를 만들어 놓긴 했지만 말이다.

　여기에서 우리가 정확히 봐야 하는 것은 지혜와 사랑은 자신의 지식이나 지혜로 되는 것이 아니라, 믿음과 신뢰에 근거한 하느님의 사랑 안에서 모든 것이 이루어진다는 것을 제대로 깨달아야 한다는 것이다. 그것이 확실한 사람은 모든 기적도 가능하고 영원한 시간과 한정된 시간도 오갈 수 있는 은총을 부여받았음을 제대로 느낄 수 있을 것이다. 믿어서 남 주는 것이 아니라 나의 것이 되는 것이다. 그분 안에 모든 것이 다 들어 있음을 깨닫자. 그것이 바로 하느님의 지혜요, 사랑이다. 믿고 구하는 자에겐 다 열어 주시는 좋으신 분이 바로 우리의 주님이시다.

때와 결단

　사람에겐 스스로의 때와 결단이 반드시 필요하다. 태어날 때가 있는가 하면 마감할 때가 있고, 산을 오를라 치면 내려갈 때가 있는 것이다. 피곤하여 잠을 청해야 하는가 하면 쉬었다 싶으면 일어나 활동을 해야 할 때가 있듯이 말이다. 열 때가 있으면 닫을 때가 있기도 하다. 그런데 지금은 어떤 때인가? 지금은 마음을 열 때가 아닌가 싶다. 어려울수록 자신의 마음을 열어 보여야 한다. 마음을 열기만 하면 그분은 이미 다 알고 계시기에 아픈 곳이 있으면 어루만져 치료해 주신다. 문제를 안고 끙끙거리면 대수인 것처럼 생각하는 사람들이 많은데, 그런 사람은 바보다. 그런다고 누구 하나 자신을 알아주지 않는다. 치유의 근원은 바로 그분이시다. 그러니 치유받기를 원한다면 조용히 그분께 마음을 열어 보여라. 그러면 그분은 어느새 하얀 백지같이 깨끗하게 치유하시곤 다시 당신의 자리에 가 앉아 계신다.

　예수님도 자신의 때가 오자 모든 것을 하느님 아버지께 오픈하셨다. 다시 말해서 때가 되자 당신의 결단을 내리신 것이다. 예수님도 본의 아니게 이곳저곳으로 피해 다니시기도 하셨다. 좋은 일을 하시면서도 아직 때가 아니기에 이방인 고을로 다니시기도 하셨다. 12시 정오에 이방인 마을의 우물가에서 한 여인을 만났을 때에도, 사실은 피신 중이셨기에 허기도 지시고 뭔가 먹고 마실 물이 필요하셨던 터였다. 그러나 그 여인은 예수님을 제대로 알아보지 못해 예수님의 청을 거절하다가, 남편 이야기에 마음이 솔깃해졌고 자신의 속을 훤히 알아채는 그분이 범상한 인물이 아님을 알고는 물을 드리게 된다. 예수님은 여인의 초대에 응하시고 졸지에 마을은 준비 없이 치유와 축제의 때를 맞이한다. 그녀의 마을은 경사를 맞이하게 되고, 이로 인해 예수님의 때는 더 단축되고 있음을 영적인 감이 있는 사람들은 다 알아채고 있다.

그 가운데 예수님은 더 초연하게 자신의 길을 묵묵히 가시며 말씀도 진홍색처럼 더 진하게 된다. "너희는 너희가 무엇을 청하는지 알지도 못한다. 내가 마시려는 잔을 너희가 마실 수 있느냐?"(마태 20, 22) "너희 가운데 높은 사람이 되려는 이는 너희를 섬기는 사람이 되어야 한다. 또한 너희 가운데에서 첫째가 되려는 이는 너희의 종이 되어야 한다. 사람의 아들도 섬김을 받으러 온 것이 아니라 섬기러 왔다."(마태 20, 26-28) 이런 거침없는 예수님의 말씀이 우리에게 무엇을 던져 주고 있다고 생각하는가? 즉 당신의 때가 차오고 있음을 말씀 안에서 직언하고 계신 것이다.

예수님이 자신의 때를 아시고 예루살렘으로 들어가심은, 하나밖에 없는 궤도 위의 레일을 350km로 달려오는 양 방향의 열차가 충돌하는 그런 사건과 마찬가지라고 정일우 신부는 표현하였다. 나는 더 확실하게 표현하고 싶다. 예수님이 예루살렘의 변두리와 이방인 동네를 다 돌아 다시 핵인 예루살렘으로 진입하심은, 요즘 아랍인들이 흔히 사용하는 폭탄 테러와 유사하다 할 수 있겠다. 즉, 화약을 잔뜩 몸에 묶고 화약고로 들어가는 것과 다를 바가 없다고 표현하고 싶다. 뭔 신부가 그렇게 잔인한 표현을 쓰는가 싶지만, 정황상 그런 긴박감이 있음을 적나라하게 표현한 것뿐이다. 그렇다. 현대의 가톨릭 사람들은 때를 알아채는지 어쩐지 좀 감이 둔하다는 느낌이 든다. 예수님을 보라. 때가 차자 이유 없이 당신의 길을 가셨다. 왜? 하늘나라가 가까이 왔기에 그렇게 움직이신 것이다. 결과? 결과는 뻔하다. 당신은 희생되셔야 했고, 그로 인해 사람들이 고통과 억압으로부터 자유를 얻었던 것이다.

우리는 어떤 때를 자신의 때라고 생각하는지 다시 한 번 곱씹어 보지 않으면 안 되리라. 여기저기서 인간 삶의 한계와 생태계의 한계로 신음하고, 그리고 셀 수 없이 많은 민족과 국가들이 수난을 당하고 있으며, 빈부의 격차는 나날이 벌어져 가고 있다. 그런 가운데 지구는 몇 만 년 만에 한 번씩 앓는 중병을 앓고 있는 중이다. 이만하면 우리가 사는 곳에 뭔가 때가 차오고 있는 것은 아닌지, 더 깊게 하느님께 여쭤 보자. "하느님 어떤 때가 참 때입니까?" 하고 말이다. 그리고 그때가 맞는다면 우린 어떻게 해야 하는지 다시금 묵상하고 준비하자.

아픔에 동참하는 사람들

'무엇 때문에 그들에게 당하십니까? 뭐라 하십시오.' 그러나 진짜 이기는 것이 무엇인가를 우리는 잘 보아야 한다. 그분은 이중성이 없으시지만 나약한 우리 인간들에게는 너무도 확실히 이중성이 드러난다. 무고한 예수님, 능력이 있으시고 하늘도 다 증거하시는 그분을 인간의 간사함이 거룩한 분을 살해하고 있다. 다 좋은데 이런 부분 때문에 이 시기가 오면 참 힘들다.

먼저 하느님의 아들을 죽이는 가운데 인간의 치사함이 무엇인가를 살펴보기로 하자. 당신의 때를 기다리시는 예수님이기는 하셔도, 그분은 쉽게 예루살렘으로 진입하지 않으시고 이방 지역을 돌아돌아 예루살렘으로 입성하신다. 그러나 그때 그들은 대환영을 한다. 생나무가지를 들고 자신의 외투는 물론, 속까지도 다 줄 것처럼 난리 법석을 떨며 호산나를 외친다. 그도 그럴 것이, 구원자가 예루살렘에 입성을 하시니 그럴 수밖에⋯⋯. 그러나 호산나의 외침이 참으로 그분을 환영하는 것인가? 아니면 은혜를 입은 일시적인 발작 같은 그런 현상인가? 그것도 아니라면 군중심리이거나 프락치들에 의해 넘어간 그런 광적인 사람들인가? 좌우간 이런 모습들을 보면 참 슬프다. 그렇지 않다면 어떻게 구원자로 환영하던 군중이 폭도로 바뀔 수 있단 말인가? 이것을 다 이해하느니 차라리 하느님을 믿는 것이 더 쉽겠다는 생각이 든다. 어떻든 그들은 배반을 했다. 그가 누구인가? 바로 나 자신이다. 나 같은 사람들이 모여 구세주를 죽인 것이다.

우리에게도 암울한 시대가 있었다. 그래서 전쟁에 대비해야 했고, 늘 전쟁놀이겸 전쟁에 대비한 전술 전략을 위해 3년 간의 군대생활도 모자라 예비군까지 해야 했다. 같은 훈련과 사격을 함에도 불구하고 현역과 예비군의 차이는 마치 빨마가지를 든 군중과 십자가형에 매달라고 외치는 그 군중에 비유하면 이해가 되려나? 의사, 변호사, 사장, 교수, 직장인, 노동자 할 것 없이 다 개처럼 되는 것은 무슨 이유인지를 잘 몰랐다. 그런데 예수님을 대하는 유대인들을 보는 순간 '이것이 그것인가?' 하는 와중에 감이 오면서 참 서글펐다. 왜 우리는 자신을 온전히 지켜 내지 못하는 것일까? 군중심리에 엮이면 다 그렇게 되는 것인가? 분명 그것만은 아니리라 생각하지만 그것이 차지하는 비중은 상당히 높다는 생각이 지배적임은 무엇을 의미하는가?

인간의 속내에는 감성과 지성이 함께 작용하고 있는데 감성(감정)이 극치에 달하면 이 양면성이 자신을 기만하는 가운데 혼탁하게 되어, 마치 장마의 급류가 혼탁해 지듯이 감성이 지성을 파괴하고 마비시키는 것이 아닌가 하는 생각이 든다. 그렇게 잔인해져서 광분해 있는 군중 앞에, 예수님은 굶주린 사자 앞의 한 마리 사슴에 지나지 않았다. 그러니 나인들 그 상황에서 어떻게 했겠는가? 허위, 고발, 잔인함, 인간 이성의 상실 등이 난무할 때 나인들 침묵으로 일관할 뿐 무엇을 할 수 있었겠는가? 즉, 그분은 무언의 몸으로 그들의 질타, 폭

언, 고발, 매 맞음, 온갖 음담패설에 심지어 입에 담을 수 없는 굴욕 등을 자신의 작은 한몸으로 다 받아 내신 것이다. 얼마나 힘드셨을까? 이것을 다 느껴보시라. 진퇴양난의 상황에서 우리는 복음의 내용들을 진심으로 마음을 쪼개는 아픔을 가지고 묵상하고 관상하며 따라갈 수 있어야 한다. 이런 차원에서 예수님이 돌아가시기 전까지 등장한 사람들을 관상의 눈으로 따라갈 필요가 있다.

우리가 예수님의 죽음 앞에서 제일 먼저 만나야 할 사람들은 십자가에 못 박으라고 마구 외친 군중들이다. 그들은 불과 삼일 전에 빨마가지를 손에 들고, "다윗의 자손 찬미 받으소서." 하고 외친 사람들이기도 하다. 찬양의 함성이던 빨마가지가 시들기도 전에 저주의 함성으로 바꾸어 예수님을 십자가형에 처하라고 외쳤던 것이다. 자신의 위치에서 불안을 느낀 몇몇 종교, 정치 지도자들의 선동에 매수되어 예수님에게 손가락질을 한 군중들은 어찌 보면 우매하다 못해 측은하기까지 하다. 오늘날에도 많은 사람들이 예수님에 대한 찬양으로부터 불과 몇 달이 지나지 않아 저주의 화살을 쏘아 댐을 볼 수 있는 것과 무엇이 다르랴. 달면 삼키고 쓰면 토해 내는 이기적인 사람들이다. 사소한 자기의 이익이나 순간의 편안함을 위하여 영원한 분을 저버리는 바로 당신이 그 사람인 것이다.

다음은 빌라도를 보자. 빌라도는 우리가 너무 잘 알듯이 이방인 총독이었다. 그는 예수님의 무죄에 대한 확신이 있었지만, 군중들의 함성이 무서워 결국 예수님을 십자가형에 처하라고 유대인들에게 내어 준 졸장부이다. 빌라도는 진리보다는 정치적 판단과 권모술수가 주는 위안 때문에 먼저 자신의 안위와 영달을 선택했다. 그래서 그는 예수님과의 대화 속에서 감히 넘볼 수 없는 그분의 권위와 위엄과 진리를 얼핏 보았음에도 얼버무리고 말았다. 비겁한 겁쟁이 빌라도를 보며, 나는 그렇게 살고 있지 않은가를 뒤돌아보는 것이 내 영적 삶에도 크게 영향을 미칠 것이다. 피의 책임에 대해 내가 질 수 있는 것이라면 져야 한다. 그것이 내가 하늘나라로 초대받는 지름길이 되는 것이리라.

마지막으로 키레네 사람 시몬을 보자. 그는 우연한 인연으로 예수님을 만나게 된다. 참으로 예수님이 어려울 때 만나게 된다. 사실 그는 예수님을 도우려 했던 것이 아니라, 로마 병사에 걸려 그 칼이 무서워 십자가를 대신 지도록 강요당했던 것이다. 그런데 예수님이 지시던 십자가를 져 보니, 아! 이것은 참으로 장난이 아니라는 것을 깨달으며 예수님을 쳐다본다. 그는 예수님과 눈이 마주침과 동시에 아주 강한 영감을 받게 된다. 그리고 지금까지 들어왔던 예수님에 대한 내용들이 한순간에 정리되면서 아! 하는 탄성과 동시에, '아! 이분이 구원자이시로구나' 하고 독백처럼 고백을 하게 된다. 동시에 전광석화처럼 '하느님, 당신 아들의 짐을 제가 함께 지을 수 있는 영광을 주심에 진심으로 감사를 드립니다' 하고 찬미와 영광을 올린다.

그렇다. 이중인격을 지닌 성난 군중들이 있는가 하면 빌라도처럼 용기 없는 권력자가 있고, 그렇다고 사람이 다 나쁜 것이 아님을 증명하듯이 이렇게 좋은 키레네 사람 시몬도 있는 것이다. 우리는 인생의 여정에서 언제 어디서 예수님의 십자가를 함께 지어 달라고 부탁받을지 모른다. 아니 이미 내가 알지 못하는 사이에 여러 번 십자가를 진 적도 있을 것이고 거절한 적도 많이 있을 수 있다. 이제 이런 것을 안 이상 앞으로는 우리에게 다가오는 십자가가 어떤 것인가를 잘 보고 거절하지 말아야 할 것이다. 그리고 내 십자가는 당연한 것이요, 타인의 십자가를 함께 지고 가자 할 때도 그것을 피하지 않고 기꺼이 지고 갈 수 있는 사람으로 나를 살찌워 놓아야 하겠다. 그것이 그분의 고난과 수난에 기꺼이 동참하면서 하느님의 사람으로 나아가는 여정에 있는 우리일 것이다.

겸손의 발이 주는 선물

예수님의 일행은 몇 날 며칠을 걸어 다녔기에 발은 무 색깔처럼 허옇게 부풀어 오르고, 그 냄새는 마치 라자로가 죽고 난 뒤 사흘이 지난 그 냄새와 같았을 것이다. 아마 내가 중국에 갔을 때, 중국 노동자들이 한국 사람들의 집에 들어오면 발냄새가 진동을 했던 때가 있었는데, 그것과 비유하면 어지간히 비슷할 듯하다. 물론 우리에게도 그런 시절이 있었다. 가난했던 60년대 우리네 발을 생각하면 쉽게 이해가 갈 것이다. 나일론 양말에 바람 안 통하는 신발을 신고, 죽어라 뛰어다니며 일해도 먹고 살기 힘들었던 그 시절을 생각하면 발이 얼마나 수고를 했는가를 쉽게 알 수 있다. 주님과 그들의 일행이 그런 상황에서 맞이하는 발의 이야기가 지금부터 펼쳐진다.

예수님께서는 열두 제자의 고랑내 나는 그 발을 하나하나 정성을 다해 씻어 주신다. 유대 율법의 형식에 맞추어 발을 씻어 주시는 것이 아니라, 당신의 혼과 정성을 다하여 씻어 주시기에 발가락의 때는 물론이요 속에 가지고 있던 마음의 근심 걱정까지도 다 씻어 주신다. 그리고 그 바탕에 하얀 시트를 깔듯이 당신의 살결을 따낸 사랑을 그들에게 심어 주신다. 거기에다 두 제자에겐 더 비중을 실으시어 씻김의 신비가 주는 심오함까지도 주심을 볼 수가 있다. 그 두 사람은 이 시점에서 극과 극으로 대비되는 사람들로 영원히 남게 된다. 한 사람은 베드로요 또 한 사람은 상처의 강, 건너오지 못하는 곳으로 간 가롯 유다이다.

　　세상을 살다 보면 어느 곳에 가나 늘 유난을 떠는 사람이 있듯이 예수님 공동체에도 유난을 떠는 사람이 있었다. 평소에는 점잖던 사람이 오늘 따라 왜 그렇게 유난을 떨까? 예수님께서 제자들의 발을 씻어 나가시는데, 예수님께 안 된다고 말했던 사람이 있었다. 감히 누가 주님의 말씀과 행동을 거부하는 것일까? 열이 많아 열정이 대단한 것은 알지만 그래도 어찌 그럴 수 있는가? "안 됩니다. 제 발만은 결코 씻기실 수 없습니다." 자, 그렇다면 베드로는 이 대목에서 어째서 자신의 발을 씻길 수 없다고 펄쩍 뛰었을까? 중국 노동자처럼 발냄새가 지독해서, 무좀이 너무 심해서, 발가락이 여섯 개라서, 양말에 구멍이 나서? 글쎄 다 그럴 듯하지만 아마도 그것은 아닌 것 같다. '마음의 변덕'이라고 생각이 된다. 물론 베드로가 예수님께 의리를 지키려고 펄쩍 뛴 것은 맞지만, 미안하게도 베드로의 그 말은 아주 인간적인 것이지 영적인 차원의 답은 되지 못했기에 예수님께 호되게 꾸지람을 당한다. 잠자코 있으면 중간이라도 가지만 나섰다가 고문관 되는 격이다.

　　예수님께서 "그래, 정말 네 생각이 그렇다 이거지. 그렇다면 이제부터는 나와 너는 관계가 없다." 하시자, 덜컥 겁이 난 베드로는 발뿐만 아니라 손과 머리까지 다 씻겨 달라고 한다. 이런 정황으로 볼 때, 베드로는 예수님과 특별한 관계를 맺고 싶었음이 분명하다. 그야 우리도 마찬가지이다. 똑똑하고 친절하고 잘 생긴 녀석이 있다면 특별한 관계를 맺고 싶은 것이 사실이듯이 말이다.

여기에서 한방 먹은 베드로, 그러나 그런 베드로가 있었기에 우리는 얻어 낸 것이 있다. 베드로를 통해서 예수님이 왜 제자들의 발만을 씻기시는지를 알게 된 것이다. "목욕을 한 사람은 깨끗하기에 발만 씻으면 된다." 이 말의 깊은 의미는 세례를 받고 예수님을 따르는 사람들은 이미 어느 정도 정화되어 있음을 의미하는 것이다. 그러나 우리는 예수님의 말씀을 끝까지 다 들어야 한다. 왜냐하면 예수님은 이렇게 표현하셨기 때문이다. "그러나 모두가 다 깨끗한 것은 아니다." 이 말씀은 유다를 두고 하신 말씀이자, 현대를 살아가는 사람들 중에 회심하지 않는 사람들을 두고 하시는 말씀이다. 즉 씻김에 있어 발만 씻어도 되는 사람이 있는가 하면, 발에서 머리카락 끝까지 몸 전체를 씻김 받아야 하는 사람이 있기 때문이다.

예수님의 말씀 중에 더 중요한 대목은 '내가 너희의 발을 씻겼듯이, 너희도 서로 씻겨 주어라' 이다. 여기서 씻김은 발뿐만 아니라 서로 꼬인 속마음을 다 풀어서 씻겨 주라는 것이다. 즉 모든 죄가 다 사해지도록 서로 용서하고 화해해서 사랑의 공동체를 이루라는 뜻이다.

특히 예수님께서 몸 전체 중에 발을 택하신 것은 발이 신체의 맨 밑바닥이니까, 참으로 하느님을 섬기는 사람은 맨 밑바닥까지 내려갈 수 있는 겸손을 가지라는 의미이다. 이런 차원에서 세족례와 관계된 내용들을 살펴보자.

1) 세족례의 전통은 예수님 이전에 고대 근동에서 행해져 왔으며, 그 시대에는 자기 집을 방문한 손님의 발을 우정과 호의의 표시로 씻어 주던 풍습이 있었다.
2) 구약성서의 모세 법에서 사제는 제사를 지내기 전에 두 손과 발을 씻을 것을 규정하고 있다.(탈출 30, 19-20. 40, 31 / 창세 18, 4. 19, 2 / 유딧 19, 21)
3) 바리사이파 사람들은 예수님을 초대해 놓고 발 씻을 물조차 내놓지 않았던 것에 비해, 마리아는 눈물로써 예수님의 발을 적셔 놓고 머리카락으로 씻겨 드렸다.(루카 7, 44) 이처럼 발을 씻겨 줌은 애덕과 겸손의 상징이며 또한 정화를 전제로 한다.
4) 교황 12세께서는 성목요일 저녁 미사에서 모든 교회가 세족례를 행할 것을 권고하셨다.

우리가 세족례를 행함은 예수님의 겸손에 동참하는 것이요, 언제든지 이뤄지는 성체성사의 신비에 투신하는 것이다. 이 말씀의 의미는 곧, 세족례는 곧 당신의 죽음과 부활 안에서 이뤄지는 성체성사의 신비의 시작을 말함이다. 이러한 겸손을 통하여 제자들도 겸손해지길 모범으로 보여 주신 것이며, 그 안에서 하느님 나라의 공동체를 이뤄 자신의 몫을 공동체가 거행할 것을 준비시키신 것이다.

"내가 동물들의 사료가 되도록 내버려 두십시오. 그것을 통해 나는 하느님을 찾을 수 있을 것이오. 나는 하느님의 누룩입니다. 그리고 나는 그리스도의 순수한 빵을 되찾기 위해 동물들의 이빨에 의해

만신창이가 됩니다." 이 인용문은 초세기에 로마의 한 원형 경기장에서 순교하신 안티오키아의 성이냐시오의 말씀이다. 이 말씀의 참뜻은 서로 씻겨 줌으로써 먹히는 우리들이 되라는 것이다.

예수님은 누구 때문에 먹히셨는가? 왜 제자들의 발을 씻겨 주셨는가? 예수님의 속 마음을 알게 되었다면 우리도 나의 가족, 공동체, 친구, 이웃, 심지어 알지 못하는 사람들을 향해서까지도 나를 먹히고 씻길 수 있는 예수님의 신앙이 있어야 하겠다.

초월

우리는 인간으로 살아가면서 늘 한계를 맞본다. 그럴 때마다 예수님이 부럽고 어떻게 하면 우리도 예수님처럼 자유의 날개를 펼치듯 시원스럽게 시공을 초월할 수 있을까 하고 생각하게 된다. 그런 관점에서 초월의 모습을 보기로 하자. 초월의 조건 중의 하나가 한계에 나아가야 하는 경험의 필요성이다. 즉, 벽에 부딪혀 봐야 한다는 것이다. 그것도 한계와 맞장을 떠서 부서지지 않는 그런 벽 말이다. 벽 자체가 그것을 허용하지 않을 듯하다. 그러나 나는 이렇게 말하고 싶다. 아무리 단단한 벽도 물러서지 않고 함께 시간을 하다 보면 그 안에서 반드시 답이 나온다고 말이다. 그럼 그 답은 어떤 답인가? 그것은 벽을 뚫어 버리는 것이다. 벽을 뚫는 것이 바로 초월에의 입문이다.

예수님은 어떻게 초월의 단계에 나가셨다고 보는가? 그냥 하느님의 아들이라는 특권에 의해서 주어졌다고 생각하는가? 절대 그렇지 않다고 본다. 예수님도 거칠 어려움을 다 겪으시면서 초월의 세계로 들어가셨다. 단적인 예로, 예수님이 다 성장하신 후 요르단 강에 가서 세례자 요한으로부터 세례를 받은 후 거짓말처럼 대단한 하느님의 나라를 그대로 볼 수 있었다. 하느님의 음성이 들려오며, 비둘기 형상의 모습이 내려왔고, "이는 나의 가장 사랑하는 아들이다."라는 극진한 대접을 받으셨다. 그러나 그 이후에 어떤 장면이 펼쳐졌는가는 우리가 더 잘 안다. 바로 고난의 시간 속으로 들어가셨다. 40일 간의 피정이 그것인데, 단순한 피정이 아니라 시련의 시간인 죄의 묵상과 같은 시간이었다. 즉 세상에 나아가기 위한 하느님의 통과제의 같은 것이었다.

그 시험의 과정이 바로 초월의 세계로 나아가는 벽의 관문이라 할 수 있다. 즉 도저히 뚫리지 않을 듯 보이는 두껍고 높은 그런 벽으로 다가왔지만 예수님은 그 벽을 뚫으셨다. 그 벽을 뚫으시자 곧 초월의 날개라도 달 듯이 훨훨 나는 그런 모습을 우리에게 보여 주셨다. 그것이 무엇인가? 공생활의 시작이었다. 예수님은 벽을 뚫으신 분답게 아무 거침없이 세상을 향해 하늘나라를 선포해 나가셨다. 그리고 거침없이 초월의 세계로의 입문이 이런 것이라는 것을 기적이라는 양식으로 세상에 접목시켜 가시면서, 당신의 존재로서의 신세계를 펼쳐 나가셨다. 그것이 바로 그분이 이 땅에 오신 목적이었다.

사람들이여, 야망을 가져라. 어떤 야망인가? 영적 여정의 야망을 가져라. 그냥 대충 가지는 것은 단순한 꿈이지 야망은 아니다. 사람이 어떤 큰 변화를 하려면 대단한 야망을 가져야 한다. 이를테면, 예수님께서 40일 간의 광야를 잘 이겨 내시며 아버지께 커다란 야망을 주실 것을 기도하셨듯이 우리도 영적 야망을 가지라는 것이다. 그리고 예수님처럼 철저하게 봉사를 해 보라는 것이다. 예수님은 어떻게 사셨는가? 정말 신발이 다 낡아 해지고 발에 물집이 생기실 정도로 당신의 백성을 위해 모든 것을 다해 봉사하셨다. 그것도 모자라 일과를 마감한 저녁 시간엔 산으로 들어가셔서 자신의 영적 양식이 채워질 때까지 당신의 아버지와 함께 모든 시간을 보내셨다.

지성이면 감천이라 했던가? 이런 과정에서 예수님 앞에 놓였던 그 벽들도 하나둘씩 뚫리기 시작했고, 끝내는 벽을 그냥 오가는 그런 자연스런 문과 같이 되었다. 어떻게 보면 참 어려운 표현이다. 그러나 실제로 예수님은 벽이 없었다. 장벽은 물론이거니와 어떤 사람과의 벽도 만들지 않으셨을 뿐만 아니라, 사람들이 가지고 있는 벽들을 다 허물거나 뚫어 버리셨다. 이것이 오늘 내가 예수님을 보면서 하고 싶은 말이다. 형제자매들이여, 영적 야망을 가지라! 그러면 벽은 거둬지거나 뚫릴 것이다. 그 뒤에 오는 것은 바로 초월의 장임을 똑똑히 보라. 그것이야말로 하느님께서 아들 예수님께 주신 은총의 선물이요, 믿는 우리에겐 그대로 보장되는 은총의 선물일 것이다.

신앙의 신비

우리는 토마사도의 믿음을 보면서 신앙의 신비가 무엇인가를 맛볼 수 있다. 그때나 지금이나 신앙이란 안 보고 믿는 것이 가장 좋지만 그렇지 못한 것이 인간인지라 믿고라도 신앙을 가질 수 있으면 얼마나 다행인가 여기며 역으로 토마사도에게 감사를 드린다.

부활하신 예수님 시대, 그 상황에선 많은 사람들이 토마와 같은 생각을 가졌으리라 본다. 그리고 그것은 믿음 안에서 보면 지극히 정상이리라. 왜냐하면 지금이야 이미 성서가 우리에게 가르쳐 준 엄청난 양의 지식과 신앙이 있기에 그것을 그나마 받아들이는 것이지, 그런 것이 전혀 없는 상황에서 예수님의 부활을 받아들임이 그리 쉬운 것은 아니기 때문이다. 다만 토마의 경우 자신도 성실한 예수님의 제자였음에도 불구하고 못 믿었다는 아쉬움이 있다.

예로, 오늘날에도 전혀 믿지 않는 사람들에게 예수님의 부활을 이야기하면 과연 얼마나 많은 사람들이 '그래 그럴 수도 있어' 하고 긍정할 수 있을까? 거기다 대단히 믿을 만한 사람이 죽어 장사 지낸 지 3일만에 그분이 다시 살아났다고 하면 과연 몇 사람이나 그 사건을 그럴 것이라고 받아들이겠는가. 그냥 호기심은 가질 수 있어도 그럴 수 있다고 자신 있게 믿을 사람은 거의 없을 것이다.

　이렇게 설명하면 가능할까? 친구따라 강원도 태백의 탄광촌에 간 적이 있었다. 그런데 탄광촌 근처에 가니 그 맑았던 강원도 계곡 물이 모두 검은 천으로 바뀌어 있는 것이 아닌가? 그래 친구에게 물었다. 이곳 아이들에게는 계곡물은 다 검은 물이 흐른다고 인지되어 있 겠다 했더니 그렇다는 것이었다. 자기도 어린 시절 맑은 계곡의 물을 눈으로 확인하는 순간까지 '계곡물은 검다' 라는 자신의 믿음을 꺾을 수 없었다는 것이다. 제 자신도 못 믿는 그런 시간이 있었다. 바다가 육지보다 넓다는 것을 배워 알고 있었으나 의심이 있었다. 거기다가 바닷물은 모두 짜다고 할 때는 정말 믿고 싶지 않았고, 내가 커서 인 천 앞바다에 가서 확인하지 않고는 못 믿는다고 고집을 피워 친구들 과 다툰 적도 있었다. 이런 차원에서 본다면 제자들이 부활하신 예수 님을 못 믿었던 것, 거기다가 토마가 자기만 확인하지 못해 약이 올라 못 믿겠다고 펄쩍 뛴 그 모습을 백 번 이해하고도 남음이 있다.

　이만큼 부활 신앙은 쉬운 것이 아니다. 그렇게 쉽지 않은 것이 기에 특수한 것이다. 그러나 역으로 쉽지 않은 부활이기에 한 번 믿었 다 하면 확 180도 바뀌는 것이 바로 부활 신앙인 것이다. 토마가 부활 하신 예수님을 못 뵈었을 때는 강력하게 부정했지만, 뵙고 난 뒤에는 누구보다도 더 독실한 사람이 되었음에 틀림없다. 너무 쉽게 믿는 것 도 문제가 있지만 고집불통인 것은 더 문제가 될 수 있다. 그렇기에 삶은 현명하게 살아야 하는 것이다. 부활이 나도 부활시키는 것인데 왜 부정을 하는가. 더 굳게 믿고 다른 사람에게도 믿게 하여 함께 좋은 세상을 만들어 가자.

　　부활은 초월적 단편소설로서 아주 감동적인 내용이다. 마치 더 이상 예수님의 그늘, 아니 그물에서 벗어나지 못하게끔 하는 극적 드라마가 부활이다. 사실 예수님의 비참한 죽음과 함께 제자들은 뿔뿔이 흩어지거나 자신의 원래 직업으로 다시 돌아가고 있는 중이었다. 그런데 부활하신 예수님께서 거듭 나타나시면서 그들의 발은 예수님의 활동 중심으로 고정되었다. 예수님에게는 그 누구도 가지지 못한 본드 같은 흡인 접착의 카리스마가 있다.

　　사실 자신들의 옛 일터로 가본들 시들한 그런 상태다. 그 동안 예수님이 주신 은총이 너무 커서 옛날의 그런 일들로는 성이 차지 않을 뿐만 아니라, 한다 한들 제대로 되지 않고 왜 그런지 몰라도 그렇게 어설플 수가 없을 것이다. 마치 현대의 종교인들이 그 터를 떠나 세속으로 돌아갔을 때 빌빌대는 그런 모습이다. 왜 그럴까? 그것은 간단하다. 세상의 것을 버리고 초월적인 삶을 영위하며 살겠다고 약속하고 살다가, 다시 세속으로 간들 그 세속의 삶이 아름답고 만족스럽겠는가? 거기다가 예수님께서 시키시는 대로 하니 100%가 아니라 상상을 초월하는 그런 은총의 보너스가 하늘로부터 마구 퍼부어지는 것이 아닌가. 그러니 부활하신 예수님께 완전히 자신을 봉헌하지 않을 수가 없었을 것이다. 이젠 가라 해도 가지 않는 강아지처럼 예수님 주위만 뱅뱅 돌며 무엇을 어떻게 하며 살아야 할지 가르쳐 주지 않아도 충분히 숙지한 것이다. 부활하신 예수님께 찬미와 감사를 드려야 할 것이다.

부활 신앙을 잘 받아들여 은총의 보너스를 하늘로부터 풍부히 받은 예를 들어보자. 베트남 전쟁 때 한국의 한 정찰부대가 좀 으슥한 곳을 지프차로 정찰하던 중, 머리카락이 서는 상황을 만나게 되었다고 한다. 그들은 더 이상 진행할 수 없는 막다른 길로 들어섰고 길이 험해 후진하기도 힘들었으며, 2~300m 전방에선 적의 군사가 벌떼처럼 다가오고 있는 상황이었다. 4명의 병사들은 초긴장 상태에서 어쩔 줄 몰라 부들부들 떨고 있는데, 믿음이 있는 지휘관이 다음과 같이 말했다고 한다. "괜찮다. 차에서 내려 네 모퉁이로 간다. 실시!" 그리고는 "부활하신 예수님의 이름으로 차야, 들어올려져라." 하고 구호를 외치고, 넷이서 차를 돌려 적군들에게 마치 자신들이 도깨비라도 되는양 유유히 사라짐으로써 적군들에게 닭 쫓던 개 지붕 쳐다 보는 격을 만들었다는 이야기가 있다. 믿으면 된다. 누구든지 부활하신 그리스도의 초능력에 힘입어 변화됨을 우리는 믿어야 한다.

부활 신앙은 이 지상의 삶이 끝나는 그 연장선상에서 영원한 생명이 시작됨을 믿는 것이다. 이런 믿음은 눈에 보이는 현상적인 삶에 집착을 넘어 영원을 향해 열린 새로운 삶을 살게 해 준다. 그래서 부활한 예수님을 만난 사도들은 현실의 욕심을 뛰어넘어, 모두 함께 지내며 그들의 모든 것을 공동 소유로 내놓고 가난한 이웃에게 나눌 수 있었다. 사도들은 영원한 생명을 믿었기에 이 세상이 전부라고 생각하는 사람들이 흉내낼 수 없는 완전한 자기 비움과 철저한 나눔의 공동생활을 할 수 있었다. 그리고 그 안에서 부활하신 예수님께서 주신 평화의 삶을 전적으로 살 수 있었다.

예수님께서 베드로를 기죽이듯이 세 번씩이나 "사랑하느냐?" 하고 물으신 것은, 베드로가 그만큼 중요한 역할을 해야 하기 때문이다. 예수님께서는 이 지상에서 마지막으로 사람들을 만나시는 것이기에, 삼세 번뿐만 아니라 백 번이라도 확인을 해서 당신의 뜻을 실현할 베드로에게 확실하게 당신과 하늘나라를 심어 주기를 원하셨다. 베드로인들 그것을 몰랐겠느냐만은 예수님에 대한 확신이 없음으로 인해 밉고 서글펐지만, 그래도 스승께서 끝까지 믿어 주시니 얼마나 다행스런 일인가? 이제부터라도 스승을 배반하지 않고, 한 생명 다 바쳐 봉헌하리라 마음먹었는데 떠나신다니 너무나 아쉬웠을 것이다. 맡겨 주신 사명에 감사를 드리면서 영원히 주님을 따를 것을 속으로 확인하는 베드로, 그것이 보이자 예수님은 떠날 차비를 하신다.

이쯤에서 예수님께서 베드로에게 맡겨 주신 것처럼 나에게 뭔가를 맡겨 주신다면, 나 역시 베드로 같은 그런 마음을 가지고 갈 수 있는가 하는 생각이 문득 든다. 나는 진정 무엇으로 꽉 찬 믿음을 보여 드릴 수 있을까?

함께 함

예수님의 공동체를 어떻게 표현하면 좋을까? '따뜻한 공동체'라고 명명하고 싶다. 그 이유는 요즘의 관상을 정리하면 나름대로 그 답이 나오기 때문이다. 따뜻함도 그냥 대충 따뜻한 것이 아니라, 아주 자유롭고 평온하며 어떤 이야기도 다 할 수 있는 그런 따뜻한 공동체였다고 본다. 즉 심신이 함께 다 녹아내릴 수 있는 그런 공동체였으리라. 뭘 보았기에 그렇게 좋은 표현을 할 수 있는 것일까?

요한 복음 21장 20절을 보면, "그 제자는 만찬 때에 예수님 가슴에 기대어 앉아 있다가, 주님, 주님을 팔아넘길 자가 누구입니까?"라는 말씀이 나온다. 이 한 문장만 보더라도 예수님의 공동체가 어떤 공동체였는가를 아주 쉽게 짐작할 수 있다. 적어도 20대 후반인 사람들이 모여, 서로 자신의 몸에 기대게 하고 몸을 팔 베개로 삼게 한다는 것은 보통 친밀한 것을 의미함이 아니다. 만의 하나 아버지와 아들의 관계라 해도 이 정도의 가정이라면 아주 대단한 가정이다. 50대 아버지와 20대 아들이 간혹 목욕탕엘 함께 다닌다는 이야기는 들어도, 함께 뒹굴며 서로 자신의 몸의 일부를 베개 삼으라는 가족은 그리 흔하지 않다. 그런데 예수님의 공동체에서는 그것이 가능하다고 기록되어 있다. 얼마나 자유와 평화와 사랑이 넘치는 그런 공동체였을까.

두 번째는 "주님, 주님을 팔아넘길 자가 누구입니까?"라고 서슴없이 이야기하는 천진난만함 속에서 예수님의 공동체는 자유가 너무 많은 것이 아니었을까 하는 생각도 든다. 어떻게 저런 이야기까지도 서슴없이 할 수 있단 말인가? 그것도 자기의 스승을 팔아넘길 자를 남 이야기 하듯이 쉽게 하니 말이다. 물론 얼마나 답답했으면 스승 앞에서 그런 이야기를 했을까 짐작이 가지만, 평소에 얼마나 자유롭고 허물이 없었으면 저렇게까지 할 수 있었을까 부러움마저 든다.

문제는 철없는 아이들도 아니고 한 집안의 가장이며 세상을 확 바꾸어 놓을 사람들이 그런 모습을 하고 있다는 것이다. 글쎄 이성적으로 생각하면 저래서 되겠는가 싶지만 그래도 그들은 모든 것을 해냈다. 무엇이 그들로 하여금 그런 모든 일을 해낼 수 있게 했을까? 그것은 신뢰이다. 무한한 신뢰이다. 예수님은 당신 공동체 사람들을 끝까지 믿어 주신 것이다. 당신이 제자들 속을 다 헤아리시면서도 아버지께서 그렇게 하셨기에, 기다려야 할 것은 끝까지 모른 체하며 기다려 주신 것이다. 기다림 속에서 알아차릴 사람은 다 알아차렸고 그렇지 못한 사람들은 자신의 이익을 향해 다 떠나갔다. 그 안에서 영원한 생명과 그렇지 않음이 분명하게 보여진 것이다.

예수님이 큰 분이심은 틀림없다. 부모들도 자식에 대한 편애가 있음인데, 예수님은 끝까지 편애가 없음을 드러내 보이셨다. 열 손가락 깨물어 안 아픈 손가락 없다 했던가? 당신을 팔아 넘기고 죽게 하는 녀석의 모습이 보임에도 불구하고, 그분은 끝까지 잘한다거나 더 예쁜 제자를 두둔하지 않으셨다. 그렇게 함이 당신의 공동체가 영원히 하늘나라를 만들어 나가게끔 만든 것이라고 본다. 우리는 예수님의 공동체처럼 항구한 공동체를 만들어야 한다. 그러려면 신뢰를 주되 무한한 신뢰를 주어야 하고, 실수가 있어도 그걸 거름 삼아 다시 일어나게끔 배려를 해 주어야 한다. 물론 상황을 스스로 역전시키는 그런 사람도 없어야 한다. 즉 공동체의 근원이신 분을 몰라보는 그런 사람이 있어서는 안 된다는 것이다. 그런 사람이 나오기 전에 사랑으로 그를 감싸는 것이 훨씬 아름다울 뿐만 아니라, 함께 공동체를 만들어 나가는 데 큰 도움이 됨 또한 알아야 할 것이다.

마음의 소리(하느님의 음성)

성서의 소리는 마음의 소리이고 또한 그 시대를 대표하는 예언, 찬미, 공경, 평화, 사랑, 역사의 증언과 징표의 실체가 되기도 했다. 그러므로 마음의 소리는 곧 하느님과 통하는 채널이자, 곧 하느님의 마음을 그대로 드러낸 그분의 음성이었다.

그러나 하느님과 대화하지 않았던 사람에겐 이게 무슨 소리인가 답답할 것이다. 그렇기에 이렇게 질문할 수도 있을 것이다. '어떻게 하느님의 음성을 들을 수 있을까요? 그건 그분들이 특별한 은총이 있어서 그런 것 아니었나요?' 라고 말이다. 그렇다면 누군 특별한 은총이 있고 누군 없어서 안 된다는 말도 문제가 있다고 본다. 사람은 하느님 앞에 모두 평등하고 그분으로부터 은총을 받을 권리가 있다. 그 권리가 있는 대신에 그분에게 드려야 할 의무도 있지만 말이다. 그 의무가 바로 마음의 소리를 듣는 것이요, 하느님의 음성을 들어 가며 그분과 대화하는 것이다.

우리는 각자 나름대로 영적 체험이 조금씩은 다 있다. 다만 그것이 영적 체험이었나 할 정도로 무딘 삶을 산 것에 대해서는 의문을 가지지 못한 것이 문제라고 생각한다. 예로, 내가 위기에 처하여 강렬한 기도를 바칠 때, 마음에 변화가 오면서 가슴이 떨리고 뭔가 마음 안에 들려오는 소리가 있음을 체험하게 된다. 이것이야말로 곧 하느님의 음성을 듣는 첫 순간이 아닐까 싶다.

모세는 탈출기 3장에서, 떨기는 타고 있는데 불꽃이 없어 가까이 가 보았더니, '네가 있는 곳은 거룩한 장소이니 신을 벗어라.'라는 음성을 듣는다. 사무엘 3장에서는 사무엘이 엘리의 부름인 줄 알고 뛰어가지만, 그것은 엘리의 부름이 아닌 하느님의 음성임을 깨닫게 된다. 이냐시오 성인은 까르도네 강가에서 환시를 보고 나서 자신의 삶이 완전히 바뀌게 된다. 하느님의 음성과 모습을 보고 난 뒤 완전히 하느님의 사람이 된다. 여기에서 중요한 것은 이 분들이 가지고 있는 공통점이다. 본인 아니면 부모가 혹은 조상 차원에서 아주 열정과 정성을 다해 하느님께 기도를 드렸다는 사실이다. 그 결과 이런 좋은 징표로 하느님의 음성을 접하게 된 것이다. 우리는 이 부분을 간과해서는 안 된다.

일반대학을 졸업하고 신부가 되기 위해 신학대학을 계속 지원했지만 그때마다 고배를 마셨던 한 형제가 있었다. 낙방의 이유가 뭔지 모르는 가운데서도 정성을 다하여 기도했고 계속 도전을 했다. 그러나 이젠 하느님이 나의 기도를 안 들어 주시나 보다 싶어 포기하려는 모습을 보일 때, 하느님께서는 그 형제에게 꿈이라는 영적 연결 고리를 통하여 이렇게 보여 주셨다는 것이다. 커다란 검은 글씨의 수도원. 그래 그 형제는 수도원을 찾았고, 아무 걸림돌 없이 단번에 수도원에 들어가 해외유학까지 잘 다녀온 뒤 지금은 거룩한 사제로 살아가고 있다고 한다.

　이런 내용들을 종합해 볼 때 하느님은 모세, 사무엘, 이냐시오 시대에만 활동하시는 것이 아니라 지금 이 시간에도 우리 안에 함께 똑같이 숨 쉬시면서 활동하고 계신다. 그건 바로 매일 우리에게 적극적으로 오시는 예수님의 살과 피 속에서 확인할 수 있는 것이다. 부활은 믿는 이들에게만 현현 되었듯이 오늘의 삶 안에서도 마찬가지이다. 자신을 온전히 그분께 봉헌하는 이들에게 주시는 은총의 선물이 바로 하느님의 음성을 듣는 것이다.

　만의 하나 그 신부님께서 자신은 하느님의 사람이 될 수 없다고 낙담한 끝에 교회와 하느님을 등졌다면, 하느님과 교회 그리고 신학교를 원망하며 살았을 것이다. 어쩌면 냉담하면 안 되겠다 싶어 다시 돌아와 있을지는 모르지만 절대로 하느님은 그런 분이 아님을 우리는 알아야 한다. 사람들은 스스로 또는 자기들 안에서 상처를 주고 희망을 저버리게 할지 몰라도, 하느님은 절대로 그런 분이 아니라는 것을 말이다. 하느님은 당신을 향해 희망하고 신뢰하면 반드시 고난의 시간을 넘어 그 뜻을 이뤄 주시는 분임을 꼭 믿어야 한다. 왜냐하면, 하느님은 어떤 때는 장난을 걸어오시는 것처럼 보일 때도 있기 때문이다. 요나서를 보면, 하느님께서는 당신을 등지고 도망치는 요나를 끝까지 찾아내시어 당신의 길을 가게 하신다. 또한 당신의 제자들을 박해하던 바오로를 당신의 으뜸 제자로 삼으신 것만 봐도, 그분의 속이 얼마나 넓고 깊이가 있으며 어떤 것도 다 가능하심을 우리는 그분의 마음 안에서 읽을 수 있다. 이런 것들이 보이는 사람들은 바로 하느님의 음성을 제대로 듣고 있는 것이라고 할 수 있다.

우리는 우리들의 속을 잘 보아야 한다. 위기 뒤에 반드시 호기가 기다리고 있다는 것을 말이다. 위기(危機)가 무엇인가? 위태할 위(危)에 들 기(機)이다. 우리가 위기에 패하여 좌절과 실망을 한다면, 자신은 아주 보잘 것 없다 못해 아예 자신의 존재 자체를 거부하게 되고 만다. 그러나 그 위기를 인내해 내고 그분께 간절히 간구하면, 그분은 아무리 큰 위기도 종식시켜 주시면서 그 자리에 커대한 희망이라는 기회를 주시는 것이다. 한마디 더 가미한다면, 걱정과 위기가 없는 사람은 편안함이 있기는 해도 위기를 맞은 사람처럼 하느님의 은총의 선물인 그분의 음성을 체험하는 그런 기회 또한 없을 것이다. 그러니 각자 받은 그분의 달란트와 그분으로부터 받을 수 있는 은총의 선물을 함부로 판단하지 말자. 그분은 한 사람 예외 없이 당신 곁으로 오길 기다리시는 분이라는 것을 그 어떤 상태에서라도 잊지 말자. 그것이 바로 그분이 주신 생명의 신비의 성소를 잘 살아가는 것이다.

성체 성혈의 신비감

　성체 성혈은 신비이다. 사람의 몸과 피가 하느님의 몸과 피로 화(化)하는데 어떻게 신비가 아닐 수 있을까? 사실 이 과정을 인간의 눈으로 확인하거나 증거하기는 어렵다. 그러나 우린 실체 변화 안에서도 신비를 느낄 수 있다. 우유가 치즈로, 포도가 맛있는 포도주로, 그리고 나무토막이 멋진 가구로 바뀌는 것이 그것인데, 이것을 보고도 신비감을 못 느낀다면 그 사람은 무딘 사람이다. 이런 사물의 변화 안에서도 신비감을 느끼는데, 성변화(聖變化) 안에서 어떻게 신비감을 느끼지 않을 수 있단 말인가? 그래서 우리는 매일마다 제대에서 일어나는 불꽃의 신비를 보며 그분의 사랑을 느낄 수 있는 것이다.

　신비는 그분 안으로 들어갈 때 우리 안으로 현현되어 오는 것이다. 구약시대에 이스라엘 백성들은 이집트로부터 탈출할 때 죽을 각오로 자신의 길을 선택했다. 물론 그 안엔 하느님께서 함께하신다는 확신이 있었다. 신비는 그냥 하늘로부터 오는 것이긴 하지만, 그 신비를 맛보고 못 봄은 우리들의 선택 여하에 달려 있다. 아무리 맛난 것들이 산처럼 있다 해도 그것을 내가 선택하지 않는다면 그것은 나의 것이 될 수 없듯이 말이다. 가나 혼인잔치에서 행하신 포도주의 기적을 보라. 성모님의 선택과 예수님의 실행이 없었다면 그것이 가능했겠는가. 오병이어(五餠二魚)도 보라. 제자들은 예수님이 어떤 분인지 알면서도 설마 먹을 것까지 다 해결하시겠는가 하면서 좀 의아해 했다. 그런데 희한하게도 아이가 빵 다섯 개와 물고기 두 마리를 선뜻 예수님 앞에 내놓았던 것이다. 어른인 제자들도 하지 못한 것을 아이는 했다. 어째서일까? 아이들에게는 순수함이 있었기 때문이다. 그것이 아이들의 참 모습이다. 그 안에서 신비의 기적이 일어난 것이다.

성체와 성혈이 이뤄짐은 믿음과 실제로의 실천인 내어줌이 있어야 한다. 내어주는 그 안에 변화가 오고 그 변화를 통해서 기적이드러나는 것이며, 그 안에서 신비가 보여지는 것이다. 두꺼비의 먹힘을 보자. 두꺼비는 구렁이에 비하면 아주 작은 녀석이다. 그러나 작지만 그래도 큰 놈에게 절대로 지지 않는다. 녀석은 때가 오면 자신을 몽땅 준다. 어미 두꺼비는 산란기가 오면 구렁이를 찾아 나서며, 만나면 스스럼없이 큰 씨름 없이 구렁이에게 먹혀 준다. 거기엔 이유가 있다. 자신의 종족을 번식시켜야 하는데 자신의 몸을 먹이로 주는 것으로 자식을 다 살릴 수 없을 때 그렇게 하는 것이란다. 어미는 먹히고 그 안에서 부화한 두꺼비 알들은 구렁이의 뱃속에서 영양분을 다 섭취하고 밖으로 나오게 한다는 것이다. 즉, 먹힐 때 새로운 장으로 들어가고 그 안에서는 생명의 신비가 다시 드러나는 것이다. 예수님도 우리의 영원한 구원의 양식으로 먹혀 주심으로써 우리 자신들이 거듭나는 기회를 마련해 주셨다.

인간은 태어나 자신도 잘 못 느끼는 가운데 서서히 죽음을 향해 여행을 해 나간다. 여행의 길에서 우린 많은 것들을 만나며 그 만남들을 통해 우리는 끊임없는 선택을 한다. 그 선택들이 올바르면 참 여행을 하는 것이고, 그렇지 못해 엉뚱한 길로 들어가 막가는 길로의 여행을 한다면 우린 그 안에서 생명의 신비는커녕 어둠의 노예가 될 것이다. 기왕 선택해야 하는 것이라면 온전한 식별과정을 통해 바른 것들을 선택할 수 있을 때, 우리 자녀들에게도 식별력과 실제의 참 선택이 무엇인지를 가르쳐 줄 수 있을 것이다. 그런데 그 길이 험난하기에 두꺼비와 같이 본능적으로 선뜻 그것을 선택하지 못하는 한계를 맛보는 것이다. 그러나 택하고 나면, '아! 그것이야말로 신비야' 하며 크게 웃을 수 있을 것이다.

우리는 이미 참 좋은 몫들을 택하였고 그 길을 향해 열심히 가고 있다. 참 좋은 몫이란 바로 성체와 성혈로 우리를 흠뻑 적셔 주시는 그분을 택한 것이다. 다만 그분의 모습 그대로를 어떻게 살아가느냐가 우리에게 남겨진 숙제이다.

믿음과 치유

왼쪽 다리가 좀 편치 않아 동네에 있는 한의원을 찾았다. 물론 아는 분들이 계시지만 바쁜 관계로 동네 한의원을 찾았다. 그런데 원장님이 너무도 친절하셨다. 신부라고 했더니 더 친절하게 맞아 주시면서 영광이라는 단어까지 쓰시기에, '제가 영광이지요' 하며 서로 기뻐했다. 원장님은 다리에 침을 놓기 전에 내 손등을 보시더니 이상한 것이 있는 것을 발견하시곤 얼마나 오래 되었느냐고 물으셨다. 한 2년 되었다고 말씀드렸더니 그것도 치유해 주신다기에 얼마나 반갑던지 너무 고마웠다. 그래서 우린 마음을 합해서 치유에 들어갔다. 내가 신부이긴 하지만 너무 반갑게 그리고 친절하게 대하시기에 혹시 종교가 있으시냐고 묻자, "신부님, 저 미카엘입니다." 하셨다. "아! 교우셨군요." 이중으로 반갑지 않을 수가 없었다.

토빗서 11장에 보면 토빗이 눈이 먼 상태에서 치유를 받는데, 영적인 영역과 육적인 영역의 치유를 동시에 받는 것을 볼 수 있다. 아들 토비아가 물고기의 쓸개를 눈에 바르는 것은 육적인 차원의 치유이고, 동시에 입김을 불어넣고 기운을 내라고 기도함은 바로 영적인 치유의 영역이다. 즉 영, 성령의 치유이다. 이와 같이 우리가 참으로 치유되기를 원한다면 영과 육이 일치될 수 있도록 최선을 다해야 한다. 그 안에서 성령께서는 우리의 몸과 마음을 치유해 주신다.

　미카엘 원장님의 치유에 따라 기도해 가며 치료를 받았는데, 다른 때와 달리 치유될 것이라는 확신이 더 분명해짐을 느꼈다. 사실 많은 사람들이 몇 차례 치유를 받다 효험이 없으면 포기하는 것이 보통 사람들의 모습이다. 그러나 나는 미카엘 원장님을 굳게 믿었고, 영적으로도 치유될 것이라는 확신이 있었다. 원장님께는 물론 표현하지 않았다. 그런데 원장님께서 먼저 이런 말씀을 하셨다. "신부님, 치유의 은사는 언제 받나요? 견진성사 때 받나요?" "예, 그렇기도 하고요, 성령기도와 하느님과 깊게 기도 안에서 만나는 가운데 치유의 은총이 나오지요." 그랬더니 자신 있어 하시면서, "신부님, 다 나으실 때까지 꼭 나오세요."라고 하셨고 나는 꼭 그렇게 하겠노라고 했다. 참 고마우신 원장님이라는 느낌이 절로 들었다.

　그렇다. 다른 부분도 마찬가지이지만, 특히 치유의 있어서 서로의 신뢰와 믿음은 대단히 중요하다. 환자와 의사 사이에 신뢰가 있으면 이미 그 환자는 치유를 받았다 해도 과언이 아니다. 예수님도 치유를 하시면서 먼저 그 사람의 믿음을 확인하셨다. 그러면서 몇 차례고 "네 믿음이 너를 살렸다."라고 말씀하셨다.

　사람들은 모두 서로의 관계 안에서 만난다. 어떤 관계냐에 따라 그 관계의 색깔이 다 다르긴 하다. 정말 마음에서 우러나오는 고마움에서의 만남이라면 그 관계는 어느 누가 뭐라 해도 확실하다. 예수님과 만났던 나병환자에서부터 마귀 들린 사람들, 그리고 시각장애인들까지 말이다. 오늘날에도 이런 병으로 어려움을 겪는 사람들이 많다. 좀 아쉬운 것은 예수님이 당신 당대에만 난치병의 치유 은사를 행하신 것으로 끝내지 마시고, 당신 제자들에게 더 확실하게 전수하셔서 현대의 난치병까지도 치유될 수 있는 은사를 전수하셨으면 얼마나 좋았을까 하는 것이다. 현대엔 예수님 시대의 질병뿐만 아니라 더 많은 질병이 생겨났다. 특히 어려운 것은 암이다. 인간이 그렇게 잘났다고 해도 각종 암을 이기지 못하니 어찌 하겠는가? 암을 이길 수 있는 방법은 딱 하나 예수님을 내 안에 초대하는 것이다. 치유되지 않는 암이라면 그분의 믿음으로 치유와 그 차원을 넘어 그분이 누리시는 참 자유를 갖는 것이다. 그리고 그 안에서 영원한 치유가 있음을 믿는 것이다.

뜸(영원한 기쁨)

기쁨은 인내의 터에서 나온다. 사람들은 많은 경우 뭔가 빨리 결과를 얻어 내기를 원한다. 그러나 생각대로 결과가 빨리빨리 나오는 것은 아니다. 특히 인간이 만들어 가는 기쁨은 특히 더 그렇다. 우리나라 사람들은 서두름의 대가들이다. 그러기에 늘 외국인들에게 놀림감이 된다. 언제나 '빨리빨리'가 입에 배어 있다. 급히 먹은 음식이 체하는 법이고, 밀 이삭 펴자 낫 서둘러 대기 위해 밀 이삭 잡아당기면 안 되듯이 말이다. 인내하라! 그래야만 참 기쁨을 얻을 수 있다.

중국 사람들은 '만만디(慢慢的)'라는 단어를 참 좋아한다. 서두르지 말라는 뜻으로 천천히 하라는 것이다. 우리가 조금만 서두르면 그들은 대번에 '에이, 만만디'라고 말한다. 물론 중국식의 만만디가 다 좋다는 것은 아니지만, 서두르기만 하고 결과도 제대로 못 내는 그런 것이라면 오히려 중국식의 만만디가 더 낫다는 말이다.

일본 사람들이나 독일 사람들은 서두름도 아니고 만만디도 아닌, 과정에 충실하면서 정확하게 일을 해 나간다. 예를 들면, 한국 사람은 하루 만에 현관 계단을 뚝딱 만들어 내지만, 일본 사람들은 적어도 일 주일이 걸리고 독일 사람들은 더 꼼꼼하여 한 달이 걸려 현관

계단을 완성시킨다는 이야기가 있다. 이건 무엇을 말하는가? 하나를 만들어도 제대로 만든다는 이야기이다. 즉, 절대로 서두르지 않는다는 것이다. 집을 짓는다면 적어도 100년은 내다보고 지어야 하지 않겠는가? 그렇다면 하루 만에 뚝딱 지은 현관 계단이 과연 100년을 갈 수 있을까? 반드시 생각해 봐야 한다. 이런 차원에서만 봐도 참 기쁨을 얻으려면 인내가 필요함을 알 수 있다. 인내하는 동안 우린 생각이라는 걸 할 수 있고 그 안에 아이디어가 떠오르게 마련이다. 그러다 보면 구하고자 하는 답들이 인내 안에서 다 나온다. 그러니 제발 서두르지 말고 기다려라. 특히 큰 기쁨을 얻고자 한다면 더욱 더 그래야 한다.

예수님도 대치되는 상황에선 절대로 서두르지 않으셨다. 기다림의 대가처럼 끝까지 다 기다리셨다. 마을 사람들이 간음한 여인을 예수님 앞에 데려다 놓고, 인민재판을 하듯 예수님께 그 여인의 행실을 놓고 시비를 걸어왔다. "선생님, 이 여자가 간음을 하다 현장에서 잡혔습니다. 우리의 모세 법에는 이런 죄를 범한 여자는 돌로 쳐 죽이라고 하였습니다. 선생님 생각은 어떻습니까?"(요한 8, 4-5) 그러나 예수님은 절대로 서두르지 않으셨다. 천천히 땅에 무엇인가를 써 가며 답을 얻어 내셨다. 아니 구하셨다. 예수님은 하느님 아버지와 대화를 하시면서 답을 구하셨다고 기도 안에서 보여진다. 그리고는 답을 서두르는 군중들을 향해 말씀하셨다. "너희 중에 누구든지 죄 없는 사람이 먼저 저 여자를 돌로 쳐라."(요한 8, 7) 예수님이 이 대목에서 신중하셨던 또 다른 이유도 있었다. 당신의 모친 마리아도 처녀시절 그런 오해를 받을 수밖에 없는 그런 처지였다. 물론 여기에서 하고자 하는 요지는 중요한 시점, 특히 생명이 왔다갔다 하는 그런 시점에선 절대로 서둘러서는 안 된다는 것이다. 우린 매사에 신중해야 하며 더 나아가 인내가 내어주는 결과의 기쁨이 어떤 맛인지를 음미할 줄 알아야 한다.

이런 차원에서 우린 이런 생각을 하는 것이 어떨까? 인생을 살면서 참 기쁨을 얻고자 한다면 충분히 인생의 뜸을 들이는 방법을 터득해야만 한다고 말이다. 단 30분도 걸리지 않는 밥을 지을 때에도 뜸을 들여야 맛있는 밥이 되듯이, 인생의 참 기쁨을 얻으려는 사람이라면 적어도 목표에 의한 설계가 분명히 잘 세워진 토대 위에 마음의 정수를 쌓으라는 말이다. 그리고 영혼 속에서 영원한 기쁨을 맛보려는 사람들이라면 예수님을 간단히 만나고 다 만났다 하지 말고, 속 깊게 끊임없이 주님을 만나라고 권하고 싶다.

마리아의 천상노래(Magnificat)

왜 나는 마리아의 노래를 천상노래라고 명명하고 있을까? 천진무구한 처녀의 노래라서, 그 노래가 천상에 닿을 수 있어서, 구세주를 낳을 아가씨라서? 다 좋다. 마리아의 노래가 천상의 노래가 될 수 있음은, 그 노래를 듣는 순간 '아! 이 노래는 천상의 노래이구나' 하는 느낌이 오기 때문인데, 그냥 나 개인적인 느낌인가? 아마도 아니기에 이렇게 표현할 수 있다고 본다. 마니피캇(Magnificat)의 첫 구절인 마리아의 노래는 천상의 노래임을 증명하기라도 하듯 너무 좋다. "내 영혼이 주님을 찬양하며, 내 구세주 하느님을 생각하는 기쁨에 이 마음 설레입니다."(루카 1, 46-47) 영혼이 주님을 찬양한다 함은 어떤 모양새일까? 영적인 감화로 충만한 상태가 되어 하느님을 찬양함일까? 양들이 뛰노는 대초원에 천국을 그리며 그분 앞에 영의 춤을 추는 모습일까? 아니면 석양이 끝나고 호롱불 아래서 그분께 하루의 감사를 드리는 가운데 천사들과 함께 나누는 대화일까? 다 좋다. 이런 모습들을 종합하면 바로 마리아의 노래는 천상의 노래라는 느낌이 온다. 만의 하나 나 혼자만의 느낌이라면 이 느낌을 다 나누고 싶기에 이렇게 적어 본다.

젊은 아가씨가 뭘 그렇게 많이 아셨기에, 그렇게 거창하게 하느님과 대화를 멋지게 하는가 싶어, 너무나 마리아 아가씨가 부러웠다. 그러므로 영적인 것은 나이와 상관이 없지 않나 싶다. 천진무구 안에 내리는 은총과 그 중심에 있는 마리아 아가씨의 영적 찬란함은 너무 멋지다. 아! 마리아 아가씨의 이런 모습, 천상노래를 부르고 듣게 하는 그런 공감각적인 역량을 다 가지고 계심을 우린 너무 자연스럽게 볼 수 있어 좋다. "주님은 거룩하신 분, 주님을 두려워하는 이들에게는 대대로 자비를 베푸십니다."(루가 1, 50) 주님을 두려워하는 이들에게는 대대로 자비를 베푸신다는 표현 앞에, 이건 하느님의 소리이구나 하는 느낌을 너무 강하게 받는다. 그렇다면 이것 또한 겸손하게 나누고 싶은 일이다. 젊은 아가씨가 천상의 노래를 부르고 들을 수 있다 함은 무엇을 의미함일까? 그건 하느님이 주시는 축복을 듬뿍 받으셨음을 말함이다. 그러기에 마리아는 주님을 두려워함 안에 대대로 축복이 내려짐을, 하늘로부터 천상의 비둘기떼가 내려오듯이 은총의 내려옴을 보았던 것이다. 그것이 마리아의 노래가 천상의 노래가 될 수 있었던 이유이다.

마리아 아가씨는 하느님의 마음과 행하심을 정확히 알고 계셨을까? 하느님의 은총을 입은 분의 모습이 바로 이러함을 알 수 있어 우리는 너무 기쁘다. 마음이 교만한 자들을 흩으시고, 권세 있는 자들을 내치시고, 보잘 것 없는 이들을 높이셨으며, 배고픈 사람들을 좋은 것으로 배불리시고, 부유한 사람을 빈손으로 보내신다는 것을 볼 때 탄성이 아니 나올 수 없다. 이것은 하느님의 영적 감화를 입지 않고는 노래로 나올 수 없음을 느끼기에 하는 말이다. 이래서 마니피캇은 그냥 노래가 아니라 천상의 노래이고 마리아 아가씨도 보통의 아가씨에

서 성스러운 아가씨로 불려진 후, 하늘의 어머니인 성모님이 되신 것
이다.

　　누구라도 하느님의 백성이라면 성스러운 사람이 되고자 함을
거부하는 사람은 아무도 없을 것이다. 그렇다면 우린 먼저 마리아 아
가씨를 꼭 빼닮으려고 노력을 해야 한다. 그런 가운데 마리아 아가씨
처럼 마니피캇의 노래 속에서 하느님의 음성을 들을 것이고, 그 안에
서 하느님의 영적 감화로 변화되고 은총 속으로 들어가게 될 것이다.
그리고 그 안에서 마리아 아가씨의 느낌도 공유하게 될 것이다. 그런
은총이 우리에게 내릴 수 있도록 기도하자.

곰곰이 곱씹음 속에 내리는 은총

루가 복음 1장에 나오는 처녀 마리아를 보면 참으로 순박한 처녀임이 한눈에 보인다. 사실 현실적으로 생각해 보면 청천벽력에 날벼락이나 다름이 없다. 그럼에도 불구하고 덤덤하게 그 현실을 받아들이심을 보면, 처녀 마리아가 그냥 어린 아가씨가 아니라는 생각이 든다. 어디서 그런 영적 대범함이 나온 것일까? "두려워하지 말라. 마리아, 너는 하느님의 은총을 받았다. 이제 아기를 가져 아들을 낳을 터이니 이름을 예수라 하여라." 아니 어떻게 처녀가 아기를 가질 수 있다는 말인가? 물론 처녀이니까 아기를 가질 수 있는 가능성이 다 열려 있는 것이지만, 말씀에 의해 아기를 낳는다는 그것이 문제가 아니겠는가? 그렇다면 이렇게 이야기할 수도 있을 것이다. "이인주 베드로 신부, 당신은 성령에 감화를 받아 하느님의 딸을 낳을 것이다. 그 딸의 이름을 새 마리아로 지어라." 이렇게 말씀하실 수도 있다는 것이다. 과연 이랬을 때 나는 마리아처럼 응답할 수 있을까? "이 몸은 주님의 종이옵니다. 지금 말씀대로 저에게 이루어지기를 바랍니다."라고 말이다.

그렇다. 그런 대답은 하느님의 사람이 아니고서는 쉽게 나올 수 없는 대답이다. 많은 경우 사람들은 자신에게 불리하게 작용하면 모든 것을 쉽게 거부하거나 포기한다. 특히 자신의 처녀성이 완전히 망가지고, 약혼이 파혼으로 가고, 심지어 자신이 공개처형될 수 있는 그런 상황인데도 마리아는 곰곰이 곱씹음 속에서 자신을 하느님 아버지께 다 내어 드려 온전히 봉헌을 하셨다. 말이 쉽지 이것이 가능한 이야기인가? 물론 그 이전에 믿기지 않는 일들이 벌어지긴 했다. 할머니인 엘리사벳이 임신을 한 것이다. 이것 또한 불가능한 일이지만 마리아와 비교할 정도는 아니다. 그런 맥락에서 가능했으리라고 보여지긴 하지만 그래도 처녀의 신분이고 아직 어리고 참으로 당황했을텐데, 그렇게 대답할 수 있음은 하느님의 은총이자 기적이라고 이야기하지 않을 수 없다.

마리아를 보면서 우리 자신을 한 번 생각해 보자. 과연 나는 마리아처럼 저렇게 처절한 순간을 접해 본 적이 있는가? 처절하지도 않으면서 나는 얼마나 불평과 불만이 많았던가를 보자는 것이다. 불평 불만의 결과는 난관과 고난일 뿐이다. 그런데 마리아는 도저히 불가능하다고 여겨지는 것을 곰곰이 곱씹은 다음 기꺼이 응답하는 가운데 하늘의 참 은총을 받으셨지 않았던가? 이걸 부정하는 사람은 없을 것이다. 다만 이성적으로 이것이 어떻게 가능한가에 대해서는 더 생각해야 할 일이다. 그러나 따지지 말자, 은총은 있는 그대로를 받아들이고 봉헌하는 가운데 내려지는 무상의 대가이므로. 우리는 인과응보를 많이 생각하는데 하느님은 인과응보의 차원을 훨씬 넘어 존재하는 분임을, 우리는 마리아의 순명이 주는 아름다움의 천상보상을 보며 깨달음을 얻어야 하지 않겠는가 싶다.

하느님의 마음

하느님도 마음이 있으실까? 물론 당연히 있으시다. 그럼 어떤 마음을 가지셨을까? 다양한 모습의 마음을 지니셨으리라. 그러나 그건 사람의 입장에서 바라본 하느님의 마음이지 결코 하느님이나 아들 예수님, 그리고 성모님이 바라본 그런 하느님의 마음은 아닐 것이다. 그럼 참모습의 하느님 마음은 어떤 것일까? 이렇게 표현하면 어떨까? 맑은 하늘에 구름 한 점 찾아볼 수 없는 맑은 모습이고, 성서에 비유한다면 거룩한 변모에서 더 이상 맑음의 비유를 찾을 수 없는 그런 표현의 상태 말이다. 또 어떤 때는 요즘처럼 짙은 먹구름 속에 천둥과 번개가 오가다가, 내리는 장대비 속의 공포나 두려움 같은 마음도 있으실 것이다. 그러나 이런 마음 또한 인간이 만들어 내는 것이지 결코 하느님의 참마음의 모습은 아닐 것이다. 그럼 하느님의 마음은 어떤 것일까? 참 궁금하다. 늘 우리가 구하는 답이 먼 곳에 있지 않고 주위에 있듯이 하느님의 마음은 바로 맑은 하늘과 짙은 먹구름 곁에 계셨다. 다름 아닌, 맑은 하늘 바로 너머에 짙은 먹구름 곁에 하느님은 그걸 지키거나 거두고 계셨다. 즉 인간의 마음에 낀 이끼나 녹을 닦아 주고 계셨던 것이다. 그런 상태가 바로 하느님의 마음이시다. 얼마나 고마운 분이시며 좋은 마음을 지니셨는가. 우리도 그런 마음을 가져 보자.

이 정도 표현으로 마치 하느님의 마음을 다 아는 양 잘난 척을
한다면 그것 또한 수치일 것이다. 그냥 기도 속에서 본 하느님 마음의
일부라고 표현해야지, 마치 그것이 하느님을 다 안 것처럼 계속 표현
한다면 그건 오산이다. 우리나라 사람들의 미성숙 중의 하나는 뭔가
하나를 일궈 놓고 마치 마감까지 다 마친 양 우쭐대는 모습이다. 요즘
뉴스를 보면 대학을 나왔냐, 안 나왔냐 뭐 이런 걸 가지고 우쭐대는데
참 우습지도 않다. 대학 졸업장이 뭔가? 사회에 진출하여 일하는 기
초 인정서 정도이다. 박사학위는 또 뭐냐? 학문을 연구할 수 있는 자
질이 있으니 이제부터 맘 놓고 연구해 보라는 자격이다. 그런데 마치
그것을 얻으면 다 이룬 양, 물론 그렇게 생각하지 않는 분들이 더 많
다고 생각은 하면서도 아직도 그 알량한 학력에 목숨 거는 듯한 인상
을 받아, 그건 그렇게 좋은 마음을 지닌 사람들의 표현이 아니라는 생
각도 든다. 큰마음, 밝은 마음, 웃음이 있는 마음, 인정 있고 꾸어 주
는 마음, 사랑으로 보듬는 마음이 필요한 세상이라고 생각한다. 이런
마음이 바로 하느님의 마음을 닮는 것이 아니겠는가.

하느님의 마음을 읽거나 볼 수 있는 장은 역시 예수님이 계시
던 장소에 가서 그분과 시공을 초월하여 만나는 수 외엔 달리 방법이
없지 않나 싶다. 그러기에 바쁜 일상 안에서도 시간을 내어 그분 앞에
나아가 본다. 예수님은 마음에 짐이 있는 사람을 잘 찾아내기도 하셨
고 그 마음을 잘 치유해 주셨다. 그러면서 동시에 하느님의 마음을 사
는 법을 아주 잘 가르쳐 주셨다. 어떤 것일까? 다름 아닌 인력시장이
다. 예수님 시대에도 인력시장이 있었다. 우리나라는 경제적으로 여
러 모습을 갖췄기에 제법 인력시장을 중심으로 인력회사가 만들어져

있다. 그러나 아직 대국이지만 경제적 균형이 이뤄지지 않은 중국을 가면 빈부격차가 너무 심해서인지 인력시장의 구조가 예수님 시대, 즉 이천 년 전과 다를 바가 없다. 어찌 되었건 다시 예수님 시대로 돌아가 보자.

예수님께서 길거리에 나가 보시니 이미 포도밭에 나가 일을 해야 할 사람들이 직업을 구하지 못해 어슬렁거리고 있었다. 인력시장은 새벽시장이다. 그런데 해가 중천에 뜬 9시에도 일거리를 못 구했고 12시가 되었는데도 역시 마찬가지였다. 다시 예수님께서 점심을 드시고 포도밭 일꾼들이 일을 잘 하나 가 보셨더니, 그냥 시간만 보내고 있는 녀석들이 너무 많았다. 챙길 것을 챙겨 놓으시고, 집으로 돌아오시는 길에 인력시장의 길거릴 또 다시 둘러보시니 아직도 어슬렁거리는 실직자들……. 그래서 예수님께서는 어떻게 해야 하나 생각하셨다. 지금이라도 가서 해질녘까지 두서너 시간이라도 일을 시키면 그들도 자기 먹을 만큼은 일을 하겠다는 생각을 하신 것인지, 아니면 하루종일 주인을 기다리며 자기를 사갈 것을 요청하는 그들의 마음을 다 헤아리셨던 것인지, 그것도 아니면 딸린 가족들의 굶주림을 다 읽고 계신 마음이셨을까? 예수님은 그들 앞으로 다가가셨고 일거리를 주며 품삯을 주겠다고 하신다. 물론 일꾼들은 믿기 어려웠지만 이게 웬 횡재냐 싶어 마음을 추스려 포도밭으로 달려간다. 이런 주인을 만났는데 어찌 일을 게을리 하겠는가.

이렇게 마음과 마음이 제대로 만났으니 일은 일사천리로 진행될 것이고, 그 안에서 사람은 거듭남이 무엇인지 느낄 것이며 그 마음을 통하여 사람들은 진한 변화를 맛보게 되었을 것이다. 이런 차원에서 예수님은 그냥 하루의 일자리를 주신 것이 아니라, 일하는 고마움과 일의 대가와 왜 올바로 살아야 하는지까지도 가르쳐 주신 것이다. 이것이 바로 하느님의 참마음이 아니겠는가? 여러분도 예수님을 보고 만날 때 그분의 참모습을 느껴 보라. 그래야 하느님의 마음을 만날 수 있을 것이다.

나는 어떤 얼굴을 가지고 있는가?

얼굴은 자신의 인격이자 자신의 존재를 드러내는 것이다. 그렇기에 얼굴은 신체 중에서 중요한 부분이다. 얼굴을 보는 순간, 좀 살았다는 사람들은 상대방의 상태가 어떠하다 정도는 안다. 물론 성질이 급한 사람들은 바로 화가 나거나 기분이 안 좋으면 그대로 드러난다. 역으로 기분이 좋으면 세상이 떠나가든 말든 모든 것이 자신의 것인양 다 표현을 해 버린다. 이럴 때 우리는 저 사람은 왜 얼굴값도 못하는 거냐며 핀잔을 주게 된다. 그러므로 우린 어떤 방법으로든 인격을 쌓든 수양을 하든 뭔가를 하지 않으면 안 된다. 왜냐하면 사람들은 자신의 얼굴을 책임질 수 있어야 하기 때문이다.

여성들을 무시하거나 폄하하는 것은 아니나 여성들의 경우 답답하거나 집안에 뭔가가 잘 안 풀릴 때 찾아가는 곳이 있다. 용하다는 사람들을 찾아가는 것이다. 그런데 그 용하다는 사람들이 참으로 용한가? 그럴 수도 있겠지만, 대부분은 용한 것이 아니라 얼굴에 쓰여 있는 것을 그대로 이야기하는 경우도 많겠다 싶다. 긴장하고 들어오는 사람에게 연인문제, 사업문제, 생로병사, 자녀문제를 건드리면 거기에 해당 안 되는 사람들이 과연 몇이나 되겠는가? 얼굴에 다 쓰여 있는 대로 슬슬 질문을 던지면 되는 것이다. 그것도 큰소리로 겁을 팍 팍 주면 줄수록 그 답을 쉽게 말하기에 점쟁이들은 더 강도를 높여 말할 것이다. 예를 들면 "남편이 딴 살림 차리고 있구만." 하면 될 것을, "어허 서방이라는 놈이 능력은 없으면서 계집을 얻어." 하며 살살 약을 올린다. 약 오르는데 궁금하지 않고 흥분하지 않는 사람이 몇이나 있겠는가? 그러니 얼굴을 제대로 가져라. 온전한 얼굴을 가진 사람은 점쟁이 찾을 일이 없을 것이다. 지금부터라도 얼굴값을 제대로 하자.

얼굴도 나이에 따라 책임의 양이 정해진다고 이야기할 수 있다. 어린아이 때는 책임이 없어서 그런지 몰라도 얼굴이 뽀얀 것이, 아마도 하느님을 가장 많이 닮은 얼굴일 것이다. 그러다가 모든 면에서 전적으로 책임을 지는 연령인 40대 초반에서 50대 중반에 이르면 얼굴에 주름이 생기면서 색깔 또한 천차만별로 변한다. 그러다가 노인이 되면 주름은 있어도 편안한 모습의 얼굴 모습으로 살다가, 하느님 품으로 간다. 그 가기 몇 달 전의 모습이 자신이 왔던 어린아이 모습이라고 할 수 있다. 그러나 이런 모습은 잘 살았을 때의 모습이고, 그렇지 못했을 땐 여러모로 추한 모습을 보이게 될 것이다. 그땐 남이 어째서가 아니라 자신이 본인의 얼굴을 싫어하게 되는 것이 문제이다. 그러니 덕을 닦으며 살지 않으면 안 되는 이유가 여기에 있다.

어떤 얼굴이 좋은 얼굴이요, 깨달음을 지닌 얼굴일까? 궁금하지 않을 수 없다. 탈출기 34장 30절에 나오는 시나이 산에서 내려온 모세의 모습을 보면 이렇다. "아론과 이스라엘의 모든 자손이 모세를 보니, 그 얼굴의 살갗이 빛나고 있었다. 그래서 그들은 그에게 가까이 가기를 두려워하였다." 그리고 예수님의 거룩한 변모에 대한 묘사를 보면 다음과 같다. "그분의 얼굴은 해처럼 빛나고 그분의 옷은 빛처럼 하얘졌다."(마태17, 2) 두 분의 모습을 보면서 느껴지는 것은 하느님의 사람은 얼굴부터 다르다는 것이다. 하느님의 얼굴을 닮은 사람의 모습은 흰 것은 말할 것도 없거니와 눈이 아닌 얼굴에서 광채가 난다는 것이다. 눈이나 머리가 아닌 그냥 얼굴에서 나는 광채란 그리 쉬운 것이 아니다. 그러나 모세와 예수님의 얼굴에선 광채가 빛났던 것이다. 우린 얼굴에서 광채까지는 내지 못한다 해도 적어도 눈에서만이라도 광채를 낼 수 있어야 하지 않을까.

우리는 "성인께선 예수님을 만나셨습니까? 아니면 하느님을 꿈에서라도 뵌 적이 있습니까?" 하고 질문을 한다. 그때마다 우리가 듣는 답은 어떤 것이었는가? 하느님은 너무 강렬한 분이시라 하느님을 뵙는 순간 살아남을 자가 없다고 들어왔다. 실제로 그렇다고 본다. 하느님은 순수 결정의 모습이시기에 그분을 뵙는 순간 빨려들어가거나 타 버릴 것이라는 생각이 든다. 그러니 하느님을 뵙지는 못한다 해도 이냐시오 성인처럼 성모님이 아기 예수님을 안고 오시는 환시라도 볼 수 있는 은총을 구해야 한다. 은총만 구하는 것이 아니라, 환시를 볼 수 있는 단계까지 나아가도록 수행을 해야 할 것이다. 그러면 아마 하느님은 우리가 죽기 전에 여러 양상으로 우리에게 당신의 피조물 안에서 당신 체험을 드러내 주실 것이라고 믿는다. 그것이 가능한 이는 얼굴에 광채가 나고 자신의 얼굴값을 제대로 할 수 있는 사람일 것이다. 우리 모두 그런 얼굴을 가질 수 있도록 하자.

요나가 준 내적 자유라는 선물

　　요나는 대단한 인물이었다. 사람은 처음부터 성인처럼 되는 것은 아니다. 물론 싹을 볼 수는 있겠으나 그 싹이 모두가 아님을 요나를 보면 더 잘 알 수 있다. 요나는 하느님의 사람이었지만 하느님 사람의 직을 수행하기 싫어 요리 빼고 조리 빼고 했다. 그러나 하느님은 한 번 점찍은 사람을 놓지 않으시는 분이심을 요나를 보면서 느낀다. 그래서일까, 요나는 다르싯으로 도망치긴 했지만 자신의 마음까지 기만하지는 않았다. 그렇기에 다르싯으로 가는 배 안에서 예수님의 모습을 드러내셨다.

　　큰 풍랑 안에서 잠을 잘 수 있는 요나, 예수님도 풍랑을 만난 배 안에서 뱃고물을 베개 삼아 주무셨다. 그것은 보통 사람들이 할 수 있는 행동이 아니다. 뭔가 세상을 통달한 사람들 안에서만 보여지는 모습들이다. 특히 요나는 자신을 바닷속으로 쳐 넣으려는 사람들에게 그다지 반항하는 기색이 없었다. '할 테면 해 봐라' 하는 그런 모습도 아니다. "우리가 당신을 어떻게 해야 하겠소?" "나를 들어 바다에 던지시오. 그러면 바다가 잔잔해질 것이오. 이 큰 폭풍이 당신들에게 들이닥친 것이 나 때문이라는 것을 나도 알고 있소."(요나 11, 12) 요나는 뱃사람들이 원하는 것이 무엇인지를 정확하게 알고 있기에 그렇게 하라고 자신의 몸을 내어준다. 무엇이 그를 그렇게 만들 수 있는 것일까? 또 그 힘은 어디에서 나오는 것일까? 이 부분을 우리가 마음에 깊이 새겨야 할 것이다.

보통 사람이면 이렇게 말했을 것이다. "왜 내가 저 바다에 던져져야 한단 말이오. 죽어도 그렇게 할 수 없소." 그렇게 한들 뱃사람들이 요나를 바다에 쳐넣지 않았을까? 요나는 전후의 상황을 정확하게 알고 있었다. 그리고 기꺼이 자신을 뱃사람들에게 내어주었다. 바다도 바다의 큰 물고기도 하늘의 하느님도 요나에게 감동을 하신 것일까? 결국 삼주야의 바닷속 큰 물고기 속에서 거듭난 요나, 그 요나는 세상을 평정할 만큼의 큰 사람으로 거듭나서 내적 큰 자유를 누리게 되고, 사람들에게 남의 이야길 들어 주고 실제로 그렇게 행함이 주는 축복과 은총이 얼마나 큰 것인가를 보여 주었다.

하느님은 요나를 큰 인물로 거듭나게 하셨다. 니느베는 삼주야를 걸어가는 도시라고 했는데, 그렇다면 도시의 폭이 적어도 60km 정도 되는 거대한 도시일 것이다. 그 도시의 모든 사람들도 부족해 동물들까지도 회심케 했다니 얼마나 대단한 것인가? 나는 나 하나 구원시키기도 바쁘고, 좀 영발이 받아 겨우 주위의 몇 사람 회심시키는 것도 벅찬데 요나는 얼마나 큰 인물인가? 부럽다. 나도 요나 어르신의 모습처럼 나를 온전히 내어주어야겠다. 내어주는 그 마음이 사람과 하늘을 감동케 함을 깨달았다면 작은 곳에서부터 그렇게 하자. 그럼 그분은 나와 내 주위를 더 넓게 감동시킬 영적 힘을 주실 것이다. 먼저 제일 가까운 가족, 영적 공동체로부터 하나씩 실현을 해 나가자.

해외 선교 활동

처음처럼 살 수 있는 사람은
참 맛과 멋을 아는 사람이기에
가감이 필요치 않다

처음처럼 사는 사람은
행복을 사는 사람이기에
더 바랄 것이 없다

처음처럼 산 사람은
다 이룬 사람이기에
사랑의 사람이다

– 이인주 詩 중... 처음처럼

초겨울에 만나고 싶은 사람

일본 동경에서 신학을 공부할 때였다. 한 주에 한 번 나를 설레게 하는 시간이 있었다. 화려한 외출, 공부와 기도의 터를 떠나 배운 것을 세상에 접목시켜 보던 그 시간이 너무 좋았다. 아마도 사람은 이래서 조화를 이루며 살아야 하나 보다. 진짜 예수님을 닮는 것은 공부와 기도이기도 하지만, 그 배운 공부와 기도를 세상 사람들과 연계시킬 때 거기서 참 그리스도의 모습이 배어 나오는 것이라고 느꼈기에 한 소절 적어 본다.

동경의 초겨울 날씨는 서울만은 못해도 나름대로 살을 파고든다. 아마도 바닷바람이 그 원인이 아닐까? 초겨울에 비나 눈발이라도 날리면 그날은 참 서글프다 못해 눈물이 흐른다. 거리의 사람들은 이런 날씨에 많이들 죽어 어디론가 떠난다. 누가 울어 주는 이 하나 없이 천국을 향해 슬픈 자신의 영혼을 억지로라도 맡겨야 하는 그 시간이 나를 더 서글프게 한다. '주님! 이 쓸쓸한 영혼을 기쁘게 받아주소서' 하며 돌아서는 우에노, 산야의 공원은 너무 서글프다. 이것이 정녕 인생의 종착역인가?

거리의 사람들 중에서 특이한 분을 한 분 만났다. 늘 혼자이고 어울릴 줄 모르고, 양보를 잘 하던 안경테가 두꺼운 50대 초반의 아저씨. 한결같이 같은 전봇대 밑에서 철학 원서를 읽던 그 아저씨. 말을 시키면 좀 귀찮아하며 답을 해 주지 않던 그 아저씨. 몇 날 며칠 말을 걸다 포기할까 싶었지만, 그 아저씨와 대화를 하는 것이 몇 개의 오니기리(김밥)와 미소시루(된장 국)를 나눠 주는 것보다 더 나을 것이라 생각하여 집요하게 대화를 나누게 되었다. 물론 대화를 터는 데는 역시 뇌물이 있어야 했기에 오징어와 소주를 한 병 준비했다. 그때는 아직 담배를 피우던 때라, 우선 담배를 한 대 권하니 그런 대로 받아 피우신다. 그리고 점퍼 안주머니에서 소주와 오징어를 꺼내니 눈길이 따라옴을 느낀다.

"당신은 한국 사람이 아니오? 그런데 왜 일본 사람인 나에게 이렇게 신경을 쓰는 거요?"

"힘들고 어려울 때 일본, 한국이 따로 있나요? 그냥 벗하며 사는 것이지요. 하늘 아래, 나누면 나눌수록 좋은 것 아니겠어요? 그러니 이렇게 아저씨와 나눌 수 있어 좋은 것이고요."

그날 나는 그 아저씨가 동경대학 철학과를 졸업했고, 동 대학 철학과 교수까지 역임했다는 사실을 알게 되었다. 철학자 디오게네스를 만나는 듯 야릇한 기분이 들어 이상했지만, 그것도 잠시 힘들어 하시기에 좀 따뜻한 곳으로 옮겨 대화를 나눴고 우리 둘은 서로 많은 대화 가운데서 친구가 되었다. 그날 그렇게 그분과 함께 밤을 지새웠다.

아! 말로만 듣던 노숙자(홈리스)가 되어 보았다. 참 환장하고 죽을 것만 같았다. 살을 에는 추위 속에 오로지 새벽을 기다리며, '하

느님! 세상은 참 불공평하네요' 하고 하늘을 향해 원망 아닌 원망을
했던 그때가 그립다. 사실 그리운 건 아니지만 그때는 젊음이 있어 그
런 용기가 있었나 싶다. 노숙자들을 보면 왜 저들은 저렇게 살아야 할
까 하며 이상하게도 생각 하겠지만, 그분들이야말로 그러고 싶어서
그러겠는가? 인생이 꼬이다 보니 그렇게 되었겠지 싶다. 그러나 마음
은 참 따뜻한 분들임을 그 디오게네스를 닮은 옛 동경대학 철학교수
와의 하룻밤에서 느낄 수 있었다.

　　그 다음 주, 다시 그 전봇대 밑에 갔더니 보는 순간 울지 않을
수 없었다. 그 전봇대 밑엔 한 송이 국화가 놓여 있었다. 그분은 나와
몇 대의 담배와 오징어 그리고 소줄 나누고는 천국행 열차를 탄 것이
다. 망자 앞에 부어 줄 소주를 미리 한 잔 나눴다 생각하니 하느님께
서 기뻐하시겠다는 생각으로 위로를 삼았고, 거리의 사람들에게 훈훈
한 날이 오기를 간절한 마음으로 기도드렸다.

하늘이 보내 준 사람 장동산(바오로)

하느님은 참 좋은 분이시다. 필요하면 필요한 만큼 그때그때 필요한 분을 보내 주시니 말이다. 물론 그분을 신뢰하기에 그것이 가능한 것이라고 보지만 말이다. 그분을 신뢰하지 못한다면 우선 떠나지도 못할 것이고, 그러므로 그런 영광 또한 맛보지 못할 것이다. 그분의 사람이 되면 무엇이든 은총으로 보호받을 수 있음을 알리고 싶다. 예수님은 말씀하셨다. "너희는 온 세상에 나가 모든 사람들을 내 제자로 삼고 성부와 성자와 성령의 이름으로 세례를 베풀라." "내가 항상 너희와 함께 있겠다." 이같은 예수님의 말씀을 어느 정도 순도를 가지고 믿느냐에 따라 주어지는 은총의 정도도 달라질 것이다.

신부가 이런 내용을 글로 적으면 좀 그렇지만 사실이니 어쩔 것인가? 일 때문에 한때 너무 겁 없이 천방지축으로 날뛰었던 그런 시절이 있었다. 쥐꼬리만한 언어 실력으로 중국, 홍콩, 마카오, 태국, 미얀마, 베트남, 몽골리아 등을 떠돌아야만 했다. 물론 그것도 때로는 불법으로 말이다. 다니던 길은 온통 마약과 도박이 넘쳐 나고 밀수꾼들이 드나드는 변경 지역들이었다. 그래도 어렵고 힘들 때마다 하느님은 천사들을 보내 주시어 힘을 돋아 주셨기에, 그나마 그 겁 대가리 없음을 자랑할 수 있었지 않았나 싶다. 일 년이 지난 지금 회상을 해 보니 다 그분의 은총임을 알게 되었다.

　하루는 베트남의 변경을 기웃거리다 넘어갔다. 참 막막했다. 경비는 덜 삼엄했지만 실제로 찾아 들어가니 언어가 통하질 않았다. '오! 하느님 이럴 땐 어떻게 해야 합니까?' 생각하다 할 수 없어 따따불의 택시를 타고 그래도 번질한 식당엘 가니 중국의 세 배이다. 어쩔 수 없는 일, 본래 낯선 지역에 가면 수업료를 내야 하는 법. 그래도 다행인 것은 중국어와 영어가 되는 사람을 만나 성당이 어딘가를 확인한 일이다. 이것만으로도 '팅하오'이다.

　더 속지 않을 요량으로 이젠 걷기로 했다. 성당에 도착하니 읍 단위의 마을이지만 제법 성당이 큰 것이 옛날 이 마을의 교세가 대충 가늠이 되었다. 성당 문 앞에 가니 문지기 형제님이 인사를 한다. 영어, 중국어, 일본어, 한국어 모두 안 통한다. 이럴 땐 어쩔 것인가? 하느님의 언어와 하느님이 주신 몸의 언어가 있기에 하늘을 보고 '성부와 성자와 성령의 이름으로 아멘' 하며 성당을 가르치며, '나는 이 집의 주인의 대리자요' 하니, 자기도 엄지손가락을 치켜 올리며 '응응' 알았다 하더니, 자신이 앉아 있던 자리에 앉으라 하고 쏜살같이 어딘가로 가버렸다. 잠시 후 유창한 중국어를 구사하는 오토바이 아저씨가 문지기 형제님을 달고 나타났다. 마치 한 건 한 양 만면의 미소를 지으며 말이다. 이분이 바로 장동산(바오로) 형제이다. 얼마나 반가웠던지 악수를 하며 바로 우린 친구가 되었다.

　'니 쓰 썬푸마?(당신 신부입니까?)' '쓰(예).' '니 예쓰 썬푸마?(당신도 신부입니까?)’ 아니란다. 그냥 평신도란다. 지금 신부고 평신도가 문제인가. 신부님은 안 계시고 이곳은 한 달에 한 번 미사를 오시는 공소라는 것이다. 와! 이렇게 크고 훌륭한 성당이 공소라니, “내가 이 공소의 본당 신부할까요?” 했더니 엄지손가락을 펴며 좋다는 것이다. 이래서 우리는 정말 하늘 아래 하나임을 확인했다. 여기에서 잠시 기도하며, 베트남 교회가 다시금 자유의 성전을 찾기를 간절히 하느님께 기도했다. 그래서인가? 기도가 끝나자마자 바오로 형제는 나를 오토바이 뒤에 태우더니 자기 집으로 쏜살같이 가는 것이었다. 배고플 것 같다며 맥주와 음식을 내오더니, 근사한 안방을 내주고 샤워에 한잠 자도 좋고 중국 비디오가 있으니 보라는 것이었다. 와! 하느님의 배려에 눈물이 날 정도였다. 어떻게 이런 낯선 땅, 그것도 말이 전혀 통하지 않는 이곳에서 나의 안방처럼 남의 방을 쓸 수 있단 말인가. 그래, 이것저것 알아야 할 정보와 필요한 것들을 일사천리로 다 알아냈다. 거기에다 하노이로 가는 기차표까지 자기가 살 테니 그냥 편히 쉬라는 것이었다. 돈을 주니 무슨 말씀이냐고, 이렇게 큰 은총이 어디 있느냐고, 이렇게 귀한 손님이 오셨는데 어찌…… 그래 허허 웃으면서 내가 사기꾼이면 어쩌려고 그러느냐 했더니 자기도 사람은 좀 볼 줄 안다는 것이었다. 정말 마음으로 기쁨과 감탄의 눈물이 흘렀다. 이래서 하느님을 믿고 떠나면 다 이뤄 주심을 굳게 믿는 모양이다. 진짜 내가 예수님이 된 기분이어서 어안이 벙벙했다. 장동산 형제의 가족에게 축복을 하며 떠났다.

하노이에 도착해서는 한국 교우들과 교민들의 도움을 많이 받았다. 역시 신부는 은총의 직인 모양이다. 더 놀란 건 베트남 신부님

들을 만나니, 그날이 베트남 모든 성인들의 대축일인데 다 모여서 피
정을 하고 있는 것이 아닌가? 그 모습을 보면서 베트남 교회의 앞날은
정말 떠오르는 태양이요, 부활할 것임을 직감할 수 있었다. 나는 그곳
에서 '베트남 교회여 영원무궁 부활하라' 하며 한참 기도를 드렸다.
그때 옆에 있던 사람들이 평상복의 웬 사람이 함께 기도를 하니 신기
했나 보다. 그래서 신고를 하니 너무 기뻐들 한다. 이런 베트남 교회
의 모습을 보니 괜히 13만 명의 순교자가 계셨고, 117명의 성인이 계
신 것이 아니라는 것을 알 수 있었다.

성인 순교자들이시여, 당신들의 피가 지금 이렇게 열매를 맺고
있으니 기뻐하십시오. 주님께서는 우리가 어디서 무엇을 하든 그분께
서 함께 계심을 잊지 않고 사도의 모습으로 투신할 때, 내가 사제이든
평신도이든 관계없이 은총으로 감싸 주심을 굳게 믿자.

천주께 감사하는 시간들

틈틈이 과거로 돌아가 보는 것도 쏠쏠한 재미가 있는 것 역시 하느님의 은총이다. 과거가 많음은 때론 좋은 것 같다. 그것이 즐거웠던 것이든 좀 불행했던 것이든 과거 안에서의 역사는 우리를 어떤 방법으로든지 살찌우고 있으니 말이다. 자신의 역사 가운데 그분의 은총 속에 보낸 시간이 많다면 그거야 더 말할 것도 없는 것 아니겠는가. 그렇다고 불행했던 자신의 역사가 다 나쁜 것만도 아니니 낙심하지 말자. 왜냐하면 두엄이나 인분과 같은 퇴비도 그 과거의 고통과 냄새 나는 그 내음이 있었기에, 신선함이나 향기를 내뿜어 주는 신선한 채소나 과일로 바뀔 수 있었기 때문이다. 나의 역사를 돌아봐도 '그 고난과 고통의 시간이 없었다면 지금의 내가 있겠는가' 하고 감히 말하고 싶다. 그런 차원에서 즐겁게 배고파 하면서도 기뻤던 그 시간을 회상해 보고자 한다.

시간을 돌려 아주 애송이 수사시절로 돌아가 본다. 그때만 해도 대머리도 아니었고 힘으로 하면 누구와 대적을 해도 뭔가 해 볼 만한 자신감에 넘쳤던 시절이었다. 그때 나는 필리핀 민다나오 이필이라는 오지로 던져졌다. 그곳은 천주교와 이슬람교가 대립되는 아주 어려운 곳 중의 하나였다. 건기가 되면 물이 없어 샤워는커녕 식수를 걱정해야 하는 그런 곳이었고, 웬만하면 바닷가에 나가 수영을 하고 염분을 수건으로 대충 털어 내고 살아야 하는 그런 곳이었다. 물기가 없는 땅이니 당연히 농사를 지을 수 없어 열대 지방의 그 흔한 바나나도 제대로 없는 그런 곳이기도 했다.

그래도 공소엘 가면 어떻게 구했는지 쌀, 닭, 달걀, 게, 파파야 등 많은 것들이 봉헌물로 올라왔었다. 제대 앞에 죽 봉헌을 하면 개들이 와서 흠흠 하고 냄새를 알아채고는 떠나질 않았었는데, 그 바람에 개들도 함께 미사에 참여하곤 했다. 물론 아이들도 그곳에 시선이 갈 수밖에 없는 현실, 우리 먹을 만큼 차에 싣고 나머질 다시 나눠 주는 것이 나의 일이었다. 참 걱정이 태산 같았으나, 그것도 며칠 하고 나니 요령이 생겨 제일 마른 녀석들부터 나눠 주게 됨은 아마도 주님의 뜻이었나 보다. 이런 일을 하던 중, 모처럼 일다운 일이 들어왔다. 이 시골에서 중고등부 학생들 피정을 시키는 일이었다.

피정! 처음엔 언어가 문제가 되어 내가 어떻게 영어나 비사야어로 그것도 간단한 것을 가르치는 것도 아니고 피정을 지도할 수 있을까 하고 웃으니, 필리핀 수사님 왈, "너는 할 수 있어, 넌 배짱이 있잖아!" 하셨다. 그걸 못 알아듣자, 자신의 배를 내보이고 통통 치며 배짱이라는 것이다. 깔깔 웃는 사이에 피정을 승낙하는 것으로 통과되었다. 참 우습다. 나는 밤잠을 설쳐 가며 피정 준비를 했다. 그것도 딱 1시간만이라고 약속을 받은 상태에서 결전의 시간은 다가왔고 떨리는 맘으로 아이들 앞에 서니 역시 똥배짱이 발동되고, 한 시간이 어떻게 지났는지 모르게 지나고 말았다. 아이들이 좋아하는 걸 보니, 일단은 성공인가 보다 하며 주님께 감사드린 후, 쉬는 시간 십 분을 주고 떠나려 하는데 아이들이 이상하게 더 있어 달라는 것이었다. 아니라고, 수사님과 약속한 한 시간이 모두 끝났다고 했지만 절대 안 된다는 표정들이었다.

10분이 지나도록 수사님은 보이지 않으시고 아이들은 내 얼굴만 쳐다보니 도망갈 수도 없고, 그 똥배짱도 일단은 기가 죽어 한숨을 쉬며 차가 들어오길 눈이 빠져라 정문만 보고 있는데 5분이 지나도 수산지 뭔지는 나타나질 않았다. 정말 이제는 오기가 발동하더니 두 배 센 똥배짱이 밀어 올라오면서 드는 생각이, '그럼 당신께서 날 책임지쇼' 였다. 다시 입을 열기 시작하니 또 안 되란 법도 없는 듯 마치 무당이 널 뛰듯 춤을 춰 가며 시간 반을 보내니 온 몸이 땀으로 흠뻑 젖었다. 그러나 아이들은 왜 그리 좋아하고 재미있어 하는지 그 맛에 피정은 성공리에 마감을 하고, 한숨 돌리며 돌아만 와 봐라, 요놈의 수사님 하며 여유가 생김은 참 그분의 은총이 아닐 수 없다. 하느님께 감사하며 식사를 하러 가는데, 지프차가 아닌 다른 차를 타고 온 수사님은 미안하다는 말 한마디 없이 뻔뻔스럽게 잘 끝났냐며 묻는 것이 사돈 남 말하듯 한다. 그냥 웃고 넘어가니 '역시 넌 똥배짱이야' 하며 또 배를 내보인다. 한국말로 그만하라고 하니 웃긴다면서 또 좋아하는 것이 아닌가. 식당은 웃음바다가 되고 주교님도 재미있어 하시는 걸 보니, 성공이다 싶어 기쁜 마음에 천주께 감사의 기도를 드렸다. 참 이상하고 야릇한 피정이었던 민나다오 이필의 추억을 되새겨 본다. 역시 주님은 오묘하신 분이시다. 이런 분임을 알진대 어찌 따르지 않을 수가 있겠는가?

오! 하느님 이것만은 안 됩니다

세상에 안 되는 것이 한두 가지랴 만은 그래도 안 되는 것과 되는 것은 반드시 있는 법이 아니겠는가. 우리는 평소에도 늘 하느님을 찾고 함께 하면 좋겠는데 그렇지 못할 때가 많이 있다. 그러면서도 어려움이 찾아들면 늘 두 갈래로 갈라지곤 한다. 하나는 '하느님 이것만은 아니 되옵니다' 이고 다른 하나는 '이것도 안 들어주시고, 아니면 이렇게 만들어 놓으시고 어떻게 당신을 따르라고 하십니까?' 이다. 때론 육두문자도 서슴지 않고 하늘을 향해 삿대질을 하는 경우도 종종 볼 수 있다. 그러나 하느님은 쫀쫀하신 분이 아니시기에 그 정도는 다 이해하신다고 생각하면서도 한편으론 쑥스러운 경우가 왕왕 있게 마련이다. 그것도 다 크거나 좀 알고 나서야 깨닫기에 더 그분 볼 면목이 없는 것이다.

어머니 상도 못 치르고, 불효한 모습으로 고국 땅을 밟았던 시절이 있었다. 유교 집안에서 자란 나로서는 역시 이해 못할 부분이 있었지만, 이미 어머니는 주님 품을 향해 가셨고 뭘 어떻게 할 수도 없었다. 더 이상 뭔가를 따지는 것이 아니라 어머니를 위해 기도하는 것이 최선책이라 생각하고 기도하며 가족들을 만났고, 다시 선교 지역으로 가기 전에 그 가난한 선교 지역의 아이들이 눈에 선하여 약간의 모금을 했었다. 그래봐야 몇 백 만원, 원래 손이 크지 못한 터라 그냥 그 아이들과 주민들을 위해 텔레비전과 비디오 세트를 마련할 요량이었다. 왜 그런 생각을 했을까? 그곳은 오지인지라 텔레비전이 있어도 시청할 수 없는 난청 지역이기에 비디오 세트가 필요했던 것이다. 그 몇 백 만원은 어렵지 않게 마련할 수 있었다. 문제는 그게 아니라 그 이후에 벌어졌는데 그것이 가관이었다.

선교 지역으로 다시 떠나는 발걸음이 무거운 것도 아닌데, 그 놈의 UA인가 뭔가 하는 항공기가 무려 5시간이나 연착되어 마닐라 공항에 밤 12시가 넘어 도착하였고, 치안이 안 좋은 마닐라 시내가 나로 하여금 긴장을 하게끔 했다. 택시 운전기사에게 안 해야 할 말을 한 것인가? 시간이 늦었으니 그냥 넓은 길로 달리자고 하니 그렇게 한다고 하기에, 사이좋고 재미있게 이야길 나누며 갔다. 그런데 느닷없이 차가 좁은 길로 들어섰고 이상하게도 머리카락이 민감하게 반응하며 열대 지방의 공기로부터 한기가 느껴지더니 검문이란다. 오, 마이 갓!!!

분명히 경찰복에 권총까지 가지고 있는데 입에서는 술 냄새가 물씬 풍기는 것이 더 나를 긴장하게 만들었고, 여권을 내주어도 그것으론 안 된다며 이곳의 신분증을 내보이라고 하며 손이 내 주머니 속으로 들어오려 한다. 계속 밀어내니 이 총이 겁나지 않느냐며 오히려 기세가 등등했다. 이러기를 여러 차례(내 기억으론 한 8~10분 정도), 그것이야 말로 생지옥이었다. '오! 하느님 이럴 땐 어떻게 해야 합니까?' 이것만은 안됩니다. 하고 마음 속으로 외쳤다. 그리고 진땀을 흘리며 이 돈을 내 주어야 하나 생각하니 돌아가신 모친의 얼굴도 떠오르고, 선교 지역 아이들의 눈망울이 너무 선명해 그 돈을 내줄 수가 없었다. 나는 나도 모르게 성호를 그으며 기도를 했고 그분께서 즉각 반응을 보이셨다. 이럴 땐 하느님보다는 신 추기경님과 아테네오 대학 총장, 예수회 관구장, 원장 이름을 다 대라는 것이었다. 기억을 더듬어 일사천리로 다 이야길 했더니, 그럼 신부(사실은 수사)냐는 것이었다. 그래서 그렇다고 했더니 증명할 것이 있느냐고 하기에 도서증을 보여 주었고, 예수회원이 확인되고 오히려 왜 진작 이야길 하지 않았냐는 말을 들었다. 미안하다며 가라는 말에 화가 나긴 했지만 어쩌겠는가? 난 화를 면했고 아이들에게 선물을 줄 수 있으니 얼마나 기뻤던지!

역시 기도가 얼마나 중요한 것인가를 절실히 느꼈던 순간이었다. 순간 화살기도를 하지 않았던들 그런 지혜나 하느님으로부터의 영감이 떠올랐겠는가 말이다. 어떻든 하느님께선 좋은 일 하는 사람들을 쉽게 해치지 못하게 보호하시며, 선의의 돈은 다 지켜 주심을 몸소 체험한 순간이었다. 거기에 반드시 전제된 것 하나는 매순간 그분께 기도를 해야 한다는 것이었다. 택시기사와 그 녀석들에게 뭔가 한 방 먹여 주고 싶었지만, 그 나라의 치안 구조가 하루빨리 바뀔 수 있기를 기도하며, 동시에 나를 지켜 주신 좋으신 주님께 찬미와 감사를 열심히 열심히 드렸다.

누가 천국에 가까운 사람인가?

선교사! 말만 들어도 떨리는 단어이다. 그런 단어 앞에 내가 서 있다. 예수님이 선교의 왕이시라면 제자들과 바오로 사도는 왕의 역할을 하실 수 있는 분들이었고, 하비에르 성인은 그 대열에 가려고 애쓰시어 합류한 분이시며, 오늘날 많은 선교지에서 하늘나라를 향해 땀방울을 쏟아 내는 분들은 그 왕위를 공동으로라도 이으시려는 분들이라고 여겨진다.

마닐라에서 민다나오의 삼보앙가까지 가는 큰 비행기 안에서 참 만감이 교차했었다. 참으로 선교의 삶을 사는가 보다 생각하니 몸이 싸한 것이 뭔가 이상했다. 이것이 다 성령의 도우심의 징조일까. 비행기는 기류를 만나 좀 덜컹덜컹 뚝 떨어지는 듯 신경을 고조시키더니, 그래도 마치 한 마리 잠자리처럼 사뿐히 삼보앙가 공항에 내려앉았다. 삼보앙가 대학 신부님과 수사님들의 공동체와 대화를 할 때는, 과연 내가 선교의 삶을 살아 낼 수 있을까 싶어 안 되는 영어이지만 막 사용하기로 맘먹고 닥치는 대로 대화를 했었다. 정말 말 그대로 영적인 배짱이 필요한 때였다. 저잣거리에도 나가 사람들과 대화를 하고 재미있는 표정을 지으니, '그래 넌 뭔가 해낼 수 있어'라는 표시로 '아자!' 한다. 어떻든 기분 좋은 사인이다. 마치 소풍가는 아이처럼 자는 둥 마는 둥 밤을 보냈고 드디어 현지로 떠나는 날이 왔다.

공항이라 하기엔 너무 초라한 대초원 위에 작은 헬리콥터 몇 대가 있었다. 헬기를 보니 마치 전투 지역에 파견되는 병사 같아 또 한 번 싸한 기분이 들었다. 돼지를 다는 저울을 가져다 짐을 달기에 그저 그런가 보다 했더니, 그 다음엔 사람도 올라가라는 것이 아닌가? 이유를 물었더니 "그럼, 짐만 보내고 넌 가기 싫어?"라고 하니 얼떨결에 저울에 올라갈 수밖에. 이유인즉 그렇게 하지 않을 경우 사람이든 짐이든 오버하면 비행기 사고가 날 수 있다는 것이었다. 점점 이상해진다. "거긴 육로도 배도 없단 말인가?" 했더니, "야, 이 사람아 선교 시작도 전에 납치되면 어떻게 하려고?" 하며 겁을 준다. 얼마 전에 주교님이 지금 가는 지역 산중에서 납치되시어 한바탕 난리를 겪었다는 것이다. 어떻든 이상한 통과제의(通過祭儀)를 치르고 우릴 실은 헬기는 힘차게 창공을 차고 오르더니 마을이 빤히 보이는 길을 따라 가는데, 이건 내가 선교를 가는 건지 아니면 영화를 찍으러 가는 건지 도통 헷갈릴 지경이었다. 헬기는 바닷가 야자수 밭 사이를 지나 큰 산을 몇 개 넘더니 정말 연병장 같은 곳에 우릴 뿌리고 마는 것이 아닌가?

좀 검다 싶은 사무엘 디손 신부님은 웃을 때 금니가 '헤' 하고 보이는 아주 소박한 모습으로 우릴 환영했다. 꼭 전장에 나가는 기분이 자꾸만 들었던 건 왜일까? 나는 그저 천국을 향한 길을 마련하는 선교의 모습을 이런 모습으로 초대하시는 하느님께 무조건 감사를 드릴 뿐이었다. 주교좌성당(主敎座聖堂)이지만 아직 자금이 모자라 창문도 없는 성당, 대문도 없기에 시도 때도 없이 개나 고양이가 함께 기도를 할 수 있는 자연적인 성당, 정말 살아있는 모든 것이 오픈되어 있는 천국과도 같은 성당이었다. 그런데 갑자기 문제가 생겼다.

아이가 죽어 간다는 것이었다. 그것도 이제 겨우 다섯 살 된 꼬마가 말이다. 이유인즉 먹을 것이 없어 엄마가 밭에 간 사이에 흙 등을 마구 집어먹어 배를 가르지 않으면 곧 위험하다는 것이었다. '오! 하느님, 여기는 시골 보건소 수준의 의사뿐이고 수술할 의료 장비도 없는 곳인데 어떻게 하라고요.' 의사, 신부, 그리고 부모가 함께 기도하는 가운데 아이는 우릴 뒷전으로 하고 하느님 품으로 갔다. 이게 선교의 삶인가 싶어 아직도 그 아이가 죽은 충격으로부터 헤매고 있을 때, 또 다른 아이들은 언제 그런 일이 있었느냐는 맑은 표정으로 이야기를 해 달란다. 허긴 그것이 새 맘을 빨리 먹는 것인지도 모르겠다 싶어, 아이들과 조잘거리다 보니 뭐가 뭔지 정신이 없었다. 그래도 하나, 나의 생각보다 좋다고 느껴진 것은 그들은 하느님이 주신 자연과 생명과 모든 것에 잘 순종하며 기쁘게 산다는 것이었다. '나는 왜 이렇게 가난해야 해?', '언제 난 행복해질까?' 등의 고민을 하며 사는 것이 아니라 늘 햇빛과 비와 맑은 공기와 그래도 죽지 않을 정도의 일용할 양식을 주시는 하느님께 감사를 드리며 산다는 것이었다. 그리고 실제로도 행복해 보였다. 단지 나만 외계인처럼 고민하고 있었다.

하루는 이 오지 바닷가에도 일본인 무역상이 찾아왔다. 냉장고며 큰 그물과 배와 여러 좋은 조건들을 선보이며 이렇게 좋은 세상인데 왜 이렇게 사느냐고 물었다. 물론 그야 그럴 수도 있지만 그들은 쉽게 그 무역상에게 현혹되지 않았다. 자기들은 그날그날 양식을 주시는 하느님이면 족하지 더 크게 바랄 것이 없다는 것이었다. 아직도 섬이나 바닷가 사람들은 전기도 텔레비전도 없는 그런 세상에서 산다. 돈도 없지만 사실 그런 문명을 거부하고 있는 셈이다. 아마도 현대문명의 병폐를 본다면 그분들의 삶이 훨씬 좋다고 보여진다. 그러면 선교사인 난 뭔가, 그렇다. 그런 가운데서도 하느님을 더 깊게 만나는 방법을 같이 나누고, 하느님의 공간에서 같은 인간으로 아름답게 살아가는 방법을 서로 나누면 되는 것이 아니겠는가. 어떻든 그분들의 삶이 늘 그렇게 순수하게 남아 있길 기도하면서 그분들의 순수한 삶이 나의 맘 한 구석에 남아 있음에 감사드린다.

아마도 이 땅에 오시는 아기 예수님은 이런 순수한 사람들에게 진실한 모습으로 다가오시지 않겠는가 생각하니, 엄청난 세속에서 살아가고 있는 나는 언제 다시 그런 순수한 자연과 자연의 마음을 그대로 간직한 채 살아가려나 생각하게 된다. 그냥 꿈과 이상으로만 남아야만 하나, 아님 하늘나라에 갈 때까지 이렇게 살아야 하는가? 어떻든 때가 되면 바닷가 사람들이 떠올려짐은 참으로 은총이 아닐 수 없다. 오시는 아기 예수님의 축복을 충만히 받으시길 기도드린다.

누구를 탓하랴

참 가슴이 아픈 경우가 많다. 물론 내 잘못으로 인해 가슴이 아프다면 그런 대로 나를 자책하며 더 나은 미래를 향해 뭔가 대책을 쉽게 세울 수 있겠지만, 구조적인 오류나 문제로 발생된 것들은 쉽게 대책이나 대안이 나오질 않으니 안타깝기만 하다. 그러면서 느껴지는 것은 예수님도 어쩔 수 없는 한계 상황에선 화를 내시고 발로 걷어차시고 하신 일이다. 왜 그러셨을까? 이전엔 이해가 가질 않았으나 성전이 더 이상 성전이 아닌 상황을 경험하고 난 뒤엔, 예수님의 그 모습이 너무 당연함을 확인할 수 있었다.

중국을 다녀온 사람들은 중국이 얼마나 빨리 변화되어 가고 있고 얼마나 빨리 성장을 하고 있는가를 피부로 느낄 수 있을 것이다. 더 나아가 우리가 모든 분야에서 곧 도전받고 심지어는 어려움에 봉착될 수밖에 없음도 잘 알게 될 것이다. 그러나 이에 대해 깊이 있게 고민하는 사람들이 그렇게 많지 않은 것 같아 안타깝다. 경쟁력에서 그만큼 어려움이 있어서인가 하고 생각하면 더 안타깝다. 중국의 성장이라는 꽃밭 속 뒷면에 방치되거나 무시되는 것이 있으니 이는 종교와 문화이다. 이 부분을 우리는 함께 고민하지 않으면 안 된다고 생각한다.

중국의 어느 도시를 가나 화려하게 변화되어 가고 있다. 그 화려함에 묻혀 그냥 지나가는 옛 건물들이 있으니 수도원이나 성전 등이 그것이다. 적어도 100여 년이 넘은 성전들이 사회주의의 무관심과 무지의 소치 아래 방치 또는 의도적으로 유기되어지고 있다. 그럴 듯한 건물들, 범상치 않아 보이는 건물들, 어떤 때는 이것은 유럽에나 있어야 할 건물들인데 하며 안으로 들어가 보면, 그냥 술집이나 호텔이 아니라 그곳이 바로 수도원이요 성전이었음을 곧 알게 되고는 가슴을 치지 않을 수 없다. 아니 어떻게 이럴 수가! 하지만 그것이 현실이고 수십 년 동안 그렇게 내려온 것이 사실이다. 그래도 예수님은 그 모습을 보고 화를 내시며 발로 차고 뒤엎고 난리를 치시며 당신이 할 수 있는 것은 다 하셨음을 보았다. 그렇지만 난 뭔가? 누구를 잡고, 아니 누굴 향해 발길질을 하고 화를 내고 판을 엎을 수 있단 말인가? 이런 걸 두고 속앓이라 했던가? 하늘을 향해 이걸 누가 책임져야 하냐고 하느님께서 하소연 아닌 하소연을 하며 바다를 향해 소리치셨던 생각이 난다. 이유야 어떻든 누가 그렇게 만들어 놨든 우리는 그 성전을 본래의 성전으로 돌려놓아야만 한다.

예수님은 목숨을 걸고 성전정화를 하셨다. 그렇게 하지 않으면 영영 다시는 성전이 성전으로 있을 수 없다고 생각하셨을 것이고, 그로 인해 당신의 성전도 그대로 성전으로 새롭게 거듭난다고 보셨을 것이다. 중국의 황폐화된 성전을 무엇으로 다시 세울 수 있을까? 물론 건물만이 성전이라 말하고 싶지는 않다. 성전은 사람의 혼이 그 안에 제대로 하느님과 함께 호흡할 때 참 성전이라 할 수 있을 것이다. 이런 차원에서 본다면 성전의 변화는 동시에 이뤄져야 마땅하지만,

참으로 이 대공사를 어떻게 해야 한단 말인가? 천 리 길도 한 걸음부터이고 산을 옮기는 것도 한 삽부터이니 내가 할 수 있는 것부터 찾아야 하지 않겠는가? 러시아의 공산주의가 무너진 것도 여러 이유가 있었겠지만, 우리 천주교 신자들이 얼마나 열심히 성모님께 정성을 다해 기도를 했었는지 우리 모두는 잘 알고 있다. 결국 그 결실이 맺어지지 않았던가. 그렇다면 답은 나왔다고 본다. 우리는 각자 자신의 위치에서 기도를 하며 노력할 수 있는 분야에선 실제로 열심히 노력하고, 누군가를 만나야 한다면 만나는 과정 안에서 성전은 서서히 정화가 될 것이고, 그 안에서 모든 것들이 하느님의 이름으로 거듭날 수 있음을 굳게 믿어 본다. 만의 하나 우리 인간의 힘으로 성전의 정화가 어렵다고 여겨진다면, 또다시 우리는 성모님의 옷자락을 붙잡아서라도 성전의 정화를 외쳐야 하지 않을까. 문득 '왜 그들도 그들만의 힘이 있잖아' 하고 의문을 가질 수도 있다. 그러나 성전의 정화는 누구 개인의 것이라기보다 공동의 구원이고, 공동의 선 안에서 추구되어지고 이뤄지는 것이기에 하는 말이다. 하루빨리 성전이 성전으로 거듭나서, 그곳에서 온전한 성사가 이루어져 많은 이들이 구원될 수 있는 터전이 되도록 해 보자는 것이다. 그것이 넓은 의미에서 지역, 국가 민족 간의 분쟁도 조정할 수 있고 평화와 사랑을 함께 나누며 살아가는 방법일 것이다.

순례가 주는 선물

　순례에도 다양한 양식의 순례가 있다. 잠시 선교 지역을 순례하는 경우도 있고, 자신의 인생여정을 몽땅 봉헌하여 순례에 다 바치는 경우도 있다. 전자의 경우는 수많은 사람들이 있어도 후자의 경우는 그리 많지 않다고 본다. 그러나 예수님과 그의 제자들은 전자의 순례가 아니라 후자의 경우로, 온 몸을 다 던져서 순례를 했다. 하느님을 만나고 그 안에서 그분께서 가르쳐 주시는 대로 행하며 순례를 행했던 것이다.

　그분들의 후예이고 싶어 모든 걸 다 버리고 떠났던 길, 그러나 피안 길에 돌아와 지금까지의 삶을 돌아보면 만감이 교차하며 가냘픈 웃음이 나온다. 어느 하루 필리핀 산골에서 있었던 일이다. 사무엘 디손 신부님과 함께 1박 2일의 긴 공소 방문 순례를 떠난 적이 있었다. 말 그대로 원주민들이 사는 동네를 간 것이다. 공해며 도시라는 단어가 아무 의미가 없는 산촌, 말 그대로 하느님이 세상을 만들었을 때와 유사한 자연환경을 그대로 지니고 있던 그곳, 그곳을 찾아들어 가는 길은 단순하지만 쉽지 않았다. 7~8시간의 순례 여정에서 디손 신부님이 왜 이곳에서 순례의 여정을 하고 계신가를 알아가는 시간이었기에 더 좋았다.

때는 열대 지방의 건기라 엄청 더웠고 물이라곤 한 방울도 없는 그런 산길을 넘고 또 넘었다. 그래야 반쯤이나 왔을까마는 벌써 지쳐가고 있었다. 그렇다고 젊은 녀석이 노인이 다 된 신부님 앞에서 힘들다고 할 수도 없고, 설상가상 준비해 간 물은 이미 동이 났다. 어디 물이 없나 찾아봤지만 물은 어디에도 없었다. 속으로, 하느님께 기도하면서 좋은 일 하러 가는 우리들에게 뭔가 기적이라도 베풀어 주시지 않을까 생각했다. 그런데 왜 갑자기 배가 아픈 걸까? 아픈 배를 잡고 민둥산 저쪽으로 가는 중에 살짝 길을 벗어나니 전경도 좋고 뭔가 예감이 좋아 볼일 보고 뒤를 돌아보니, 아니 이게 웬 은총의 선물! 자몽과 같은 녀석이 그것도 두 개씩이나 있는 것이 아닌가? 꿈인가 생시인가 자세히 보니 눈앞에 보이는 것은 분명 자몽 두 놈이다. 한 개를 따고 두 개를 따려 할 때 양심의 소리가 들려온다. "야! 이 녀석아 너만 목마른 게 아니라 많은 사람들도 그러하니 하나만 가져가고 하나는 양보하는 게 어떻겠는가?" "네 주님 감사합니다." 황급히 뛰어 내려와 자몽을 디손 신부님 앞에 내 놓으니 신부님 왈, "역시 자네가 나보다 기도를 많이 했는가 보네." 하시는데 얼마나 부끄럽던지. "아닙니다. 신부님께서 안배를 해 주시니 주님께서 신부님의 고귀함을 보시고 저를 통해서 주신 선물이 아니겠습니까?" "역시 자넨 괜찮은 녀석이야." 우리는 맛있게 자몽을 먹으며 잠시의 갈증을 해소할 수 있음에 하느님께 감사를 드렸고, 힘을 내어 순례의 길을 더 열심히 갈 수 있었다.

그러면서 생각났던 건, 하느님의 일을 위해 순례를 떠난 사람들에겐 어떤 양식으로든 순례자들을 도와주신다는 것이었다. 모세가

홍해바다를 건넜던 것이며, 만나를 양식으로 먹은 것, 그리고 엘리야가 쫓기는 산길에서 허기져 탈진 상태에 이르렀을 때 하느님께서 엘리야에게 물과 빵을 내려주셨던 것을 보면 너무 신기하지 않은가. 그러므로 우리는 순례를 떠나는 이들을 그분께서는 늘 도와주신다는 것을 굳게 믿어야 한다. 그 믿는 가운데서 하느님의 기적은 반드시 일어날 것이다.

예수님이 제자들을 파견할 때도 보라. 돈, 가방, 빵, 여벌 옷 등을 모두 가져감을 허용치 않으셨지만 지팡이만은 가져가게 하셨다. 왜일까? 그것은 지팡이가 바로 신앙의 잣대인 하느님을 모시는 상징이라 할 수 있기 때문이다. 그 증거로 모세를 보라. 모세는 예수님처럼 빈손으로 다니셨음이 분명하지만, 단 지팡이는 가지고 다녔다. 그리고 그 지팡이를 사용해서 바위를 가르고 그 갈라진 바위 틈으로부터 갈증을 해소하는 물을 얻었다. 그것은 모세의 신앙이 하느님을 감동시키신 것이고, 그로 인해 순례자에게 주어지는 하느님의 은총이 기적으로 실현된 것이다. 그러므로 우리들에겐 반드시 필요한 것이 있다. 그것은 우리가 어디서 무엇을 하든 본질적인 것과 비본질적인 것을 분명하게 식별할 수 있는 지혜가 필요하고, 그리고 내 자신의 신앙을 굳건히 세울 수 있는 신앙의 잣대인 나의 영적인 지팡이가 반드시 필요하다는 것이다. 나를 세우는 영적인 지팡이가 무엇인가를 제대로 찾아보자. 그것을 제대로 찾은 사람이라면 언제든지 순례를 떠날 수 있다고 생각한다. 하느님이 우리에게 주신 선물 중에 가장 큰 선물이 바로 순례의 선물임을 잊지 말자.

주님과의 몽골여행

중국에서 장거리 여행은 대부분 기차로 한다. 중국말로 화차가 기차이고 기차는 버스를 말한다. 한번은 내몽고까지 갈 일이 있었는데 북경에서 그곳까지는 가까운 거리가 아니다. 내가 원하는 곳은 변경 지역이었기에 기차는 없었고, 결국은 버스를 이용할 수밖에 없었다. 벤츠 회사 버스라기에 표를 샀다. 어쩜 좋으랴. 터미널의 버스는 벤츠가 아니라 중국 합작회사가 만든 조잡한 버스였다. 이걸 타고 15시간 이상 여행할 것을 생각하니 앞이 캄캄했다. 거기에다 누워 가는 버스라 안전벨트이긴 하지만 누워서 배 아니면 가슴을 묶어야 했다. 옛날에 염을 해 본 적이 있는데 영락없이 염을 하는 기분이라 영 그랬다. 거기다 담요와 베개가 있긴 한데 글쎄 어쩌면 좋을까? 할 수 없었다. 예수님은 마굿간에서도 태어나셨는데, 이 정도야 주님나라를 위해 뭔가를 해야 한다면 감수할 것은 해야 하는 것이 아니겠는가 싶어 그냥 베개를 끌어 앉고 담요를 덮어 보았다. 말 그대로 얼마 만에 느껴 보는 농촌의 향기였던가……

한참이 지난 후, 버스가 출발을 해야 함에도 도저히 출발할 생각을 하지 않았다. 왜 안 가느냐 했더니, 이 버스는 장거리 고급이라

거의 논스톱이기에 사람이 어느 정도 다 차야 간다는 것이었다. 말은 이해가 갔지만 이럴 수가, 그래도 배고픈 녀석이 소 잡는다고 어쩌겠는가 기다릴 수밖에. 그때 옆자리의 뚱뚱한 여인이 말을 걸어온다. 기왕이면 좀, 아니지 내가 내 분수를 알아야지 내가 뭘 생각하고 있는 것이야 하고 정신을 차리니, 뚱뚱한 자매도 천사처럼 보인다. 역시 사람을 봄에는 마음이 있어야 함이다. 그 마음에 그분의 의지가 있어야 함을 잠시 잊었다. 보아 하니 몽고 사람 같지는 않은데 무슨 일로 몽고에 가느냐고 그녀가 물었다. "뭔 소리야? 내가 몽고사람처럼 안 생겼다고? 베노(여보세요)," 하면서 나에겐 원래 몽고의 피가 흐르고 있다고 하니, "넌 콩으로 메줄 쑨다 해도 믿을 수 없어, 네 얼굴에 뺀질이라고 써 있어, 넌 광동 아니면 저장 사람이 맞을 거야." 한다. "아니지 일본 사람 같기도 한데 일본 사람들은 몽고에 잘 오질 않으니 한국 사람?" 하며 은근히 나와 스무고개를 하고 있질 않은가? 심심치 않을 것 같아 기왕 농담한 김에 신장 사람이라고 했더니, 고개를 갸우뚱거리더니 후이쥬(회족), 종교 이야길 꺼내니 웬지 마음이 편하지 못했다. 더 이상 농담할 분위기가 아니었다. 특히 이슬람교 사람들에게 잘못 종교적인 농담을 했다간 본전도 못 찾으니 농담은 꼬리를 내렸다. 그래도 자기 마음에 들었는지, 커다란 과자봉지를 내 놓으며 먹으란다. 괜찮다 해도 소용이 없다. 잠시 후엔 담배를 권하기에 담배를 끊었다고 해도 또 막가파 식이다. 담배는 뿌리쳤지만 또 술이 가방에서 나온다. 와, 어디까지인가? 참 재미있는 것은 먹고, 피우고, 마시고 나니 버스는 출발을 했고, 포만감을 느낀 몽고 여인은 버스 출발과 함께 꿈나라이다. 여행은 이제부터인데 자다니, 하긴 저 사람들이야 늘 오가는 장사길이니 당연한 것 아닌가 싶다 생각이 들었다. 그리고 갑

자기 혼자라는 느낌이 들며, 몽고엔 언제 도착할 것이고 그리고 가서는 어떻게 뭘 조사해야 하나를 생각하니 앞이 캄캄해졌다. 이참에 나도 한잠 자 두고 옆 사람이 깨면 몽골의 이곳 저것을 물어 봐야지 생각했다.

분위기도 바꿀 겸 묵주를 꺼내 열심히 성모님께 몽고의 기획이 잘 되길 기도하고 있는데, 그 뚱보 자매님이 벌떡 일어나더니, "니 티엔쥬지야오(천주교)?" 하고 물었다. 그래서 그렇다고 했더니 자기 친구도 천주교 신자라며 반가워했다. 그래 그럼 그 친구를 소개시켜 주겠냐고 하니 그러겠노라 확답을 받았다. 참 하느님은 오묘하신 분이시다. 원하기만 하면 이렇게 도움을 주는 천사들을 보내 주시니 말이다. 만의 하나 몇 시간 전에 이 여인에게 퉁명스럽게 대했던들 이런 상황이 가능했겠는가 말이다. 생각할수록 주님의 섭리에 다시 한 번 반하지 않을 수 없다. 오! 하느님 감사합니다.

차는 한밤을 지나 새벽녘에야 몽고 초원에 들어섰고 사막을 달리는 차창 밖으론 별과 모래와 바람만이 황량했다. 누가 몽고 초원의 노랠 한 곡조 뽑으니 운전기사는 잽싸게 알아채고 차를 세운다. 화장실을 가야 한다는 신호가 바로 한 곡조를 뽑는 것이라고 했다. 그들만의 암호인 셈이다. 그도 그럴 것이 사막엔 휴게소도 화장실도 없어 벌판에서 그냥 일을 봐야 하는 것이다. 참 어딘 화장실이 지저분해서 못 가는데, 이 곳은 황량한 모래 벌판에서 일을 봐야 하는 것이다. 참 황당하기도 하고 한편으론 자연 그대로의 묘미가 있다.

차는 온전히 몽고에 도착했고, 그 여인이 준 휴대전화 번호와 함께 그 여인을 따라 친구를 만나니 과연 괜찮은 천주교 신자였다. 그 친구의 안내를 받으며 이것저것 기획에 맞는 것들을 찾아보니 그런 대로 괜찮아 보였다. 요는 겨울 사업보다는 여름 사업이 더 괜찮다는 것이었다. 그 친구의 의견을 수렴하고 나니 지금은 때가 아닌 듯싶어 더 자세히 몽고지역을 연구하고 다시 북경으로 돌아오는 길. 동방박사들이 별자리만 보고 아기 예수님을 찾아갔듯이, 참으로 믿는 도량이 넓고, 깊고, 크면 나머지는 그분의 섭리에 의해서 다 이루어짐을 몽고 여행에서 다 느낄 수 있어서, 천주께 진심으로 감사를 올렸다.

수행자

수행자를 세상에서 찾으려면 쉬울 것 같지만 제대로 된 수행자를 만나는 것은 그리 쉽지 않다. 수도자, 수도사, 수행자, 말은 쉬워도 제대로 앉아서 무념무상에 깨달음을 얻은 분을 찾기란, 수많은 별들을 우리가 볼 수는 있어도 그 별이 어떤 속성을 지니고 있는가를 말하기가 어렵듯 어려움이 있다고 생각한다.

그러면 과연 어떤 사람이 진정한 수행자라고 할 수 있을까? 박학다식이라 학문에 막힘이 없는 사람을 이를까? 아니면 허연 수염에 뭔가 있어 보이는 외모에 풍기는 멋이 있는 사람을 수행자라고 할까? 개념은 잘 몰라도 그런 것만 가지고는 이야기하기가 어려울 것이다. 박학다식이야 석학들이 모인 곳에 가면 될 것이고, 허연 수염에 폼 잡는 그런 사람이라면 서울 장안 어딘가에 가면 어렵지 않게 만날 수 있지 않겠는가? 이쯤 되면 과연 누굴 두고 수행자라 해야 할지, 그리고 어느 수준의 사람을 수행자라고 해야 할지, 고민하지 않고는 쉽게 답이 나오질 않을 것 같다.

내가 만난 사람 중에 수도의 삶과 세속의 삶을 동시에 산 사람이 있었다. 일본 예수회원이셨던 키가 작지만 아주 당당한 체구를 가지신 야마시타 노인 수사님이 그분이시다. 배운 것은 분명 많지 않으셨지만 만인이 좋아했던 할아버지셨고, 90이 넘으셨어도 자신의 모습을 잘 보존하시면서 당신이 맡은 천한 일을 아주 재미있게 하시는 할아버지 수사님이셨다.

하루는 그런 착하신 수사님께 딴질 걸었다. "수사님! 수사님은 이미 하늘나라에 가신 자매님과의 삶이 행복하셨어요? 아니면 지금의 수도의 삶이 더 행복하세요?" 특유의 웃음을 지으시며 대답하셨다. "그걸 말이라고 해, 이 사람아!" "뭐예요? 어느 쪽이 더 행복하시다는 거예요?" "그야 당연히 수도생활이지." 하면서 이렇게 덧붙이셨다. "미안해요, 이미 천사가 돼 계실 옛날의 나의 님……"

상처를 하시고 자녀분들을 다 출가시키신 뒤, 큰 수도원 마당을 쓸면서 지낼까 했던 수사님이 도사 같은 아루페 관구장 신부님을 뵙는 순간 두 분 사이에선 뭔가가 통했나 보다. "그래 자네가 우리 집에서 일을 하고 싶다고?" "예, 밥만 먹여 주신다면 그냥 평생 일하겠습니다." "그게 사실인가? 그렇다면 그냥 일꾼이 아니라 우리집 가족이 돼 주겠나?" "그렇게만 해 주신다면 저야 최선을 다해서 살겠습니다." 이게 수도회 수사가 되는 조건인 총각이어야 하는 대목을 파괴해 버리는 순간이었다. 파괴 이건 누구나 가능한 것이 아니다. 그러나 두 분은 그렇게 하셨다. 예수님이 이거다 싶으면 거침없이 행하셨듯이 말이다. 그래서 그랬는지는 몰라도 수사님은 점잖기도 하셨지만 당신의 일을 평범한 수행자로서 다 해내셨고, 평범하게 수도자의 길에 들어서서 수도하던 분들보다 더 오랜 시간 동안 수도의 삶을 사시다 하느님 품으로 가셨다.

그렇다고 야마시타 수사님께서 대단한 일을 하신 것은 분명 아니다. 청소하고, 편지를 부치고 가져오시고, 함께 기도하고, 어디에 구멍 난 곳이 없나 살피시고, 여기서 구멍이 매우 중요하다. 집안일에서부터 사람 구멍까지를 샅샅이 보시는 분이 바로 우리 야마시타 수사님이셨다. 이를테면 공부하는 어린 수사들이 홈식(향수병)에 걸려 빌빌거리는 걸 보시면, 어느 샌가 달려가서서 그를 데리고 신주쿠로 나가셨다. 향수병 치료 방법도 아주 간단했다. 야마시타식 특처방인데, 오가는 두 시간의 전철 안에서의 대화와 영화 한 편 보고 그리고 우동을 먹는 것이 다였다. 그러나 이 시간을 지내고 나면 향수병이 싹 나으니 이거야말로 도사가 아니고 무엇이랴? 현대 사람들에겐 이런 도사가 필요하지 않겠는가? 폼 잡는 그런 도사나 수행자가 아니라, 천한 일이라도 자신의 일을 아주 행복하게 하면서 구멍 난 곳을 언제든지 소리 없이 채워 줄 수 있는 그런 사람 말이다. 아마도 예수님이 바로 그런 방법으로 하늘나라를 전하셨을 것이고, 사람들을 그런 방법으로 치유하고 가르치셨다고 본다. 잔잔한 가운데 뭔가를 다 이뤄내는 분들이 바로 이 시대를 사는 참 수행자가 아니겠는가 싶다.

주는 영성

하느님은 우리를 향해 모두 공짜로 주시지만 사람들은 작은 것 하나를 주면서도 대부분 생색을 내려 한다. 이것이 하느님과 인간의 차이 중에 하나일 것이다. 그러나 우리가 제대로 하느님의 자녀로 살기를 원한다면 참으로 주는 영성의 기쁨을 만끽할 수 있어야 한다. 사실 무언가를 얻는 기쁨도 크지만, 진짜 기쁨은 주는 데서 오는 기쁨이라고 말할 수 있다. 사람을 만나다 보면 그릇이 큰 사람들을 가끔 한 번씩 만나게 되는데, 그럴 때마다 그렇게 기쁠 수가 없다. 왜일까? 주는 영성의 기쁨을 아는 그 안엔 바로 그리스도의 사랑이 그대로 녹아 있기 때문이다.

"주어라. 그러면 너희도 받을 것이다. 누르고 흔들어 넘치도록 후하게 되어 너희 품에 담아 주실 것이다. 너희가 되질하는 바로 그 되로 너희도 받을 것이다." 루가 복음 6장 38절의 말씀이다. 나는 여기에 한마디 더 덧붙이고 싶다. 하느님은 그냥 그대로 갚아 주시는 분이 아니라, 적어도 되로 주면 말로 주고, 말로 주면 가마니째로 주고, 가마니를 주면 창고째 내어 주시는 그런 통 큰 분이시라고. 우리처럼 쩨쩨하게 셈하시는 그런 분이 아님을 깨달을 때, 제대로 하느님을 알게 되는 것이다. 그러니 주는 영성의 기쁨이 무엇인가를 서로 나누면서 깨달아 갔으면 좋겠다.

스페인의 민담에 이런 이야기가 있기에 소개한다. 어느 날 부자가 여행 중에 가난한 사람을 만났다. 부자는 가난한 사람을 자신의 집으로 초대하여 식사를 대접했다. 그러면서 자신이 얼마나 부자인가를 자신이 가진 토지를 들어 설명하며 자랑했다. 부자의 말이 끝나기를 기다렸던 가난한 사람은 하늘을 가리키며 별을 두 개 보게 하고는 저 별에서 저 별까지가 바로 자신의 것이라고 말했다. 하지만 사실은 자신의 것이 아니라 하느님의 것이라고 했다. 그 말을 들은 부자는 가난한 사람 앞에서 어찌할 바를 몰라 했다고 한다. 이 이야기가 우리에게 주는 교훈은 우리가 하느님을 제대로 깨달아야 한다는 것이다. 세상의 것은 모두 잠시 빌려 쓰는 것이지 자기 것은 없는 것이므로, 누구에게든 나눠 주는 것은 바로 하늘에 덕을 쌓는 것이라는 것을 말이다.

이렇게 이야기해도 주는 것이 아까운 사람은 아까울 수밖에 없다. 그런 사람은 아마 이렇게 이야기할 수 있을 것이다. 얼마나 어렵게 일해서 번 것인데 그렇게 쉽게 주라 하느냐고 말이다. 물론 그렇다. 그러나 '부' 라는 것은 있다가도 없어지고 없다가도 생기는 것이 아닌가. 물론 없을 때 누군가가 줄 것이라는 전제하에 주라는 것은 아니다. 하느님은 우리와 생각과 차원이 다른 분이시기에 내가 해 줄 수 없는 그 어떤 것까지도 다 책임져 주실 수 있는 분이시다. 이인주가 주는 영성을 이야기하니 못 믿는다면, 예수님이 하시는 이야기이고 예수님이 여러분들을 책임져 주신다고 하는 것이니, 만의 하나 이 세상에서 칭찬 못 받는다면 그분께서 훗날 칭찬과 포상을 주시지 않겠는가. 왜냐하면 당신의 일에 일조를 했으니 당연히 그렇게 해 주실 것이다. 이래도 못 믿는 사람들이 있을지 모른다. 이럴 땐 이렇게 이야기할 수밖에 없을 것이다. "하늘과 하느님을 못 믿는 사람들이여, 하느님을 믿고 도박을 하시오. 죽어 하느님께서 그것을 갚아 주시지 않는다면, 이 세상에서 사기를 당한 것이겠지만 사실은 좋은 일을 한 것이기에 절대로 사기를 당한 것은 아닙니다. 줄 수 없어 걱정이지 주는 사람을 나쁘다 하거나 그 사람을 칭찬하지 않을 사람이 세상 천지에 어디 있겠습니까? 그러니 믿고 서로 주는 영성을 몸에 익히며 삽시다."

중국 사람들은 좀 의심이 많긴 하다. 대신 믿기만 하면 역으로 꽤 괜찮은 사람들도 많다. 문화혁명 이후에 어려움과 남을 의심하지 않을 수 없는 그런 사회가 된지라, 자신을 믿으면 믿지 절대로 타인을 믿지 않는다. 그런 차원에서 종교의 전파도 쉽지가 않았을 것이다. 그러다 보니 나눔의 영성, 주는 영성은 참으로 쉽지 않다. 그래 어떻게 하면 주는 영성이 중국 사람들 안에서도 가능할까 생각하다가, 내가 먼저 주는 것이 최상이다 싶어 기회가 왔을 때 놓치지 않고 실행하니 역시 딱 먹혀 들어갔다. 그때 그 기쁨은 이루 말할 수 없었다.

번역료가 나왔을 때 어려운 학생 있으니 그에게 장학금으로 주라 했더니, "아니 이 신부가 밤새워 번역한 대가를 어떻게 줄 수 있느냐, 그것도 웃돈을 보태서 말이야." 한다. 그러면서 하는 말이 신부가 그런 사람이냐 하기에 그렇다고 했더니, 자기도 돈 떨어지면 이 신부에게 손 벌려야겠다고 하는 것이 아닌가. "그러시오, 그런데 당신도 때가 되면 그렇게 해야 하오." 말이 씨가 된다고 했던가, 내 뒤를 이어 그 사람들이 시골학교 장학금을 만들어 보내는 일을 하고 있다. 그러면서 하는 말이 장가간 사람도 신부할 수 있으면 좋겠다는 것이었다. 천주교 사제가 뭔지를 알아 가는 사람들이다. 어떻든 주는 영성의 맛을 알고 나면 참 기쁘다. 그 안에 하느님이 살아 숨쉬고 계시니까.

스릴

중국을 떠나 온 지 겨우 일 년 반, 그러나 아득한 옛날처럼 느껴짐은 무얼 의미하는 것일까? 그래도 대련 앞바다와 위해 앞바다 그리고 미얀마 국경 지역이 관상 안에서 자주 나타나는 것은 왜일까? 그걸 그분께 여쭙고 싶다. 그땐 철이 없었나, 아니면 객기가 대단했나, 좌우간 용기 하나만은 하늘을 찌를 듯했음은 두말할 나위 없었다. 누가 시키는 사람도 없는데 스스로 일을 만들어 했다. 조직의 대원들이나 하는 그런 일들을 어째서 했는지 지금 생각해 보면 참 그렇다. 그러면서 예수님의 제자들이 바로 영발을 받고 난 뒤, 앞뒤 잼 없이 로마까지 달려 나갔던 것은 무엇이었을까를 생각하게 된다. 그래 바로 그 시절엔 나에게도 영발이 대단했다고 여기며 웃어 보는 그 순간에도, 중국과 미얀마의 황토빛 물이 흐르는 특이한 작은 강폭을 머리카락을 세우며 건넜던 그 시간이 생생하다.

선교사는 교회의 꽃임에 틀림없다. 그러나 그 꽃을 피우기 위해 소쩍새가 우는 밤을 새우고 또 새워야 하듯이, 열대 지방에 서릿발 서는 그런 지역을 어쩔 수 없이 걷고 또 걸어야 하는 그런 각오 없이는 안 되는 것이 바로 선교사의 삶이다. 어느 날 중국 국경을 넘어 잠입해 들어간 미얀마의 땅, 그곳은 아주 조용하고 한적한 시골의 장터였다. 중국 사람들보다 남루한 옷을 입은 사람들이 오고가는 것을 보면 참 이 나라가 얼마나 어려운가를 직감할 수 있었다. 그리고 시장의 물건들은 중국에서도 잘 볼 수 없는 조잡한 것들이었다. 그렇다고 그 제품들이 자국의 생산품은 분명 아니었다. 중국의 작은 도시 어디엔가에서 만들어진 물건들이고 곳곳에 경찰복을 입은 사람들이 많은 것을 보니 변경은 변경임에 틀림없었다. 물론 안심해도 되는 것은 나의 얼굴 자체가 중국 사람과 비슷하고 중국말을 잘 한다는 것이었다. 다만 북방사람의 모습이기에 눈에 확 띄는 것이 문제였는데 그래도 미얀마 사람들의 눈을 피할 수는 있으련만, 왜 심장이 이렇게 콩닥거렸던지. 그래서 죄 짓고 못산다고 했는가 보다.

　　호텔이라고 간판은 있으나 실제로 호텔이라기보다는 여인숙에 가까운 여관이었다. 주인을 만나 일사천리로 주고받은 대화는 거의 접선에 가까웠다. 이때 더 머리카락이 올라섬은 왜일까? '난, 글쎄 이 일은 주님의 일이니 그분께서 다 책임을 지실 거야 생각했지만 그래도 인간인지라 몸은 속일 수가 없는 모양이었다. 생각보다 여관 주인이 영어를 꽤나 잘 구사하고 있어 의사소통엔 그다지 어려움이 없었다. 문제는 이 지역이 절대 안전한 지역이 아니라는 것이었다. 그러면 밀림을 뚫어야 하고, 현지인을 사야 하는데 어떻게 해야 할지, 여관 주인과는 깊은 차원의 얘기는 할 수 없다고 판단되었기에, 머물 수 있는 기간과 사람 수에 대해 이야기 하니, 돈 버는 일인데 왜 'No' 하냐는 것이었다. 확인할 것을 모두 확인하고는 꽁무니에 불이라도 난 사람처럼 줄행랑을 쳤다. 잘못하면 불 붙는다 싶었으나 다행히 불은 붙지 않았다. 다시 강가를 나오는 길에 앵앵거리는 소리가 들려 나를 잡으러 오는 소리인가 가슴 졸이며 강가에 다다라 긴 한숨과 함께 표를 사는데, 행렬이 어찌나 길던지. 좌우간 우여곡절 끝에 배는 출발을 했고 무사히 중국 국경 안으로 들어왔다. 겨우 두 시간이었지만 마치 2년을 지낸 것 같은 기분이 들었다. 어쨌든 주님께 감사를 드렸다.

    검문소 셋, 잠입해 들어가야 할 여관, 국경, 그곳에서의 연락과 접선 그리고 정글 속의 여행, 아득한 일들이다. 믿을 수 있는 구석은 오로지 그분의 안배뿐이었다. 그분을 믿지 않는다면 아무것도 할 수 없는 상황에서 오로지 주님을 믿을 뿐이었다. 중국 호텔에 와서 저녁 미사를 올리는데 한 줄기 눈물이 흘렀다. "그래 좋다. 그래도 생명을 걸고 넘어온 사람들에 비하면 난 아무것도 아니야. 그들에게 희망을 주어야 해. 그들도 잘은 모르는 믿음이지만 그분께 맡기고, 있는 힘을 다해 나아갈 거야."라고 그분께 기도하는 수밖에 나에게는 달리 방법이 없었다. 마치 이스라엘이 모세와 함께 이집트를 탈출할 때의 그 모습이 한눈에 쫙 들어오듯이 말이다. 긴장의 연속이지만 뭔가 알 수 없는 충만함도 함께 다가옴은 무엇을 의미함일까? 그리고 들려오는 소리와 함께 올라오는 것이 있었다. "그래, 내가 너희와 함께 있으니 편안히 가라." 꽤 괜찮은 시나리오이다. 이 안에 생명이 그대로 살아 있기를 마음속으로 기대해 본다.

열심히 온 길
걸려 넘어지기 전
돌아볼 수 있음은
참 다행이다.

천하를 다 얻은들
마음 하나 못 잡고
영혼마저 갈대처럼 된다면
누가 슬플까.

얻을 것 얻어 기쁘고
줄 것 주는 가운데
새 길로 들어서는 향기 있다면
잘 살았노라 이야기할 수 있으리.

– 이인주 詩 중... 온 길

에필로그

에필로그

어머니는 이미 하느님 아버지께 가셨으니, 이제 하늘 아래 홀로 남아 계신 아버지를 더 진하게 사랑하리라 마음 먹지만 그게 말처럼 쉽지가 않다. 내가 어린아이일 때의 아버지는 사탕을 사주시는 아버지셨고, 10대 때의 아버지는 사고를 쳐도 사랑으로 내 등을 쓸어 주시던 아버지셨다. 내가 20대가 되어 돈을 벌기 시작할 때의 아버지는 용돈을 드리면 책 사 보고 친구들과 만나라며 오히려 돈을 더 주시던 아버지셨다. 그런데 그 아버지와 같이 늙어 가는 나이가 되어 보니 영 마음이 좋지 않다. 고기를 사드려도 잇몸이 안 좋아 드시지 못하니 자식된 도리로 서글플 뿐이다. 어머니가 돌아가셨을 때 아버지와 함께 밤을 꼬박 새워 이야기를 나눈 적이 있었다. 그때 아버지께서는, "네 엄마 고생 많이 하셨다. 16살에 시집와 없는 살림에 너희들 키우느라고 꽤나 고생하셨지. 애가 애를 낳았어." 하고 말씀하셨다.

일본에서 공부를 마치고 신부가 되기 위해 김포 공항에 내려 아버지께 전화를 드렸을 때, 교우도 아니면서 아직 신부가 아닌 아들을 향해 "신부님 어서 오세요. 얼마나 고생이 많았어요." 하시던 그 음성이 아직도 내 귓전에 생생하다. 하느님 아버지의 도우심이 없으셨다면 그 말씀이 어찌 그렇게 쉽게 나오셨을까? 그러기에 신앙은 참으로 오묘하고 신비하다고 말하지 않을 수 없다. 그때 눈시울을 적시며 공항을 씩씩하게 걸어 나오시던 그 모습이 아직도 잊혀지지 않는다.

　그런 아버지께서 이런 말씀을 하신다. "저도 양로원 가면 안 될까요?" 무슨 말씀인지 감이 오긴 한다. 동생 내외가 모두 일터에 나가고 아이들은 학교로 가는 가족들 사이에 하루종일 성당과 미사, 텔레비전, 그리고 옆집 할아버지와의 대화만으로는 부족한 무엇이 있으심이 분명하실 터였다. "아버지 사람은 다 고독해요, 그리고 몸도 해를 거듭 할수록 힘이 든 것도 사실이에요. 그러나 어쩌겠어요? 하느님께서 우리 인간을 다 그렇게 만들어 놓으셨으니……" 그 다음 만남에 아버지께서 먼저 하시는 말씀이 의사 선생님께서 기침이 나는 것, 손발이 차가워지는 것 등은 더 이상 좋아질 수 없지만 그래도 더 이상 아프지 않도록 약을 주겠다고 하셨다는 것이다. "그것 보세요. 아들이 이야기할 땐 안 믿으시더니 의사 선생님께서 말씀하시니 그건 받아들이셨군요. 어떻든 아버지 그것을 인정하셔서 고마워요. 우리는 인생의 여정과 생로병사를 억지로 어떻게 할 수 없어요. 그건 분명한 사실이잖아요." 이 말씀을 드리면서 얼마나 서글펐던지. 그래도 90이 넘으신 아버지가 건강하게 살아 주셔서 하느님 아버지께 진심으로 감사드린다.

　인생은 빈손으로 왔다가 빈손으로 가는 것은 맞다. 그런데 올 때는 어머니의 보살핌을 받아 따스하게 자랄 수 있는 것이 인간의 시작이라면, 하느님 나라로 다시 돌아가기 전에는 자식들이나 친지들의 도움을 받으며 떠나가는 것이 자연의 순리이다. 그런데 자식들은 부모가 얼마나 정성을 들여 키웠는지 많은 경우 잊어버리고 산다. 키우신 그 정성만큼 늙어 고독해 하시는 부모님의 마음을 헤아려 보기라도 하고 있는가? 아무리 바빠도 외로워하시는 아버지와 더 많은 대화를 해야지 다짐해 본다. 그건 나를 잘 키워 주신 보답에서가 아니라 하느님 나라에 가시고 나면 더 이상 이런 대화를 나눌 수 없기 때문이다. 아무리 하느님 나라가 좋다 해도 이 세상의 맛은 이 세상 나름대로의 독특함이 있는 것 아닌가? 다 끝난 다음 아쉬움 속에 우는 울음보다 많이 대화하고 사랑하면서 행복하게 하느님 아버지께로 보내 드리는 것이 더 의미있고 자식된 도리가 아닐까. 물론 사제의 길을 걷고 있으니 아버지를 직접 모실 수는 없지만, 사제의 길을 묵묵히 걸어가는 가운데 앞으로 살아 계시는 날들 동안 내가 평생 받았던 부모님의 큰 사랑을 온몸으로 전하며 사랑해 드리고 싶다. "아버지, 정말 사랑합니다!"